DE GRAMONT

CHANT DU PASSÉ

1830—1848

PARIS

D. GIRAUD, LIBRAIRE-ÉDITEUR

7, RUE VIVIENNE, AU PREMIER, 7

1854

CHANT DU PASSÉ

Imprimerie de Gustave GRATIOT, rue Mazarine, 30.

CHANT DU PASSÉ

PAR

LE COMTE DE GRAMONT

1830 — 1848

Semper et ubique fidelis.
Potiùs mori quam fœdari.
Etiamsi omnes, ego non.
Vieilles devises d'une langue morte.

PARIS

D. GIRAUD, LIBRAIRE-ÉDITEUR,

5 RUE VIVIENNE, AU PREMIER 5

1854

CHANT DU PASSÉ

LIVRE PREMIER

SONNET I.

A M. LE Mis A. DE BELLOY.

Ami, tu sais ma vie et tu connais mon âme ;
Avec mes actions ma pensée est d'accord,
Et ces vers où tes yeux me liront sans effort,
De tous nos entretiens feront vibrer la trame :

Ils t'appartiennent donc. Qu'on les loue ou les blâme,
Ton nom avait le droit de s'y montrer d'abord.
Aux antiques combats, pour me sentir plus fort,
J'aurais ainsi gravé ton chiffre sur ma lame.

Nos blasons et nos cœurs ont les mêmes émaux,
Et ce n'est pas pour rien que Dieu nous fit jumeaux.
Ce qu'il unit, jamais l'homme ne le divise.

Quel que soit l'avenir qui nous est accordé,
Notre amitié du moins a conquis sa devise :
Non amici, fratres; non sanguine, corde.

1

SONNET II.

Amis, à nous la lyre à défaut de l'épée !
La patrie a proscrit l'étendard des aïeux :
C'est un don qu'on nous fait. Emportons jusqu'aux cieux
Ce témoin méconnu de l'antique épopée.

Puisqu'échappe l'empire à notre main trompée,
Enfants des conquérants, retournons vers les dieux.
Nos pères sont à nous, et ces morts glorieux
Ne nous ombragent pas d'une gloire usurpée.

Qu'importe qu'on le nie, et qu'un siècle insensé,
Sinon pour l'insulter, ignore le passé !
Sachons-le bien, l'outrage est encore un cortége.

Partons ! Si l'avenir ne nous montre vainqueurs,
S'il trahit notre essor, du moins pour privilége,
Nous garderons l'aveu de tous les nobles cœurs.

SONNET III.

A UN ROI.

Sire, Dieu vous a pris sous sa main tutélaire ;
Il vous a prodigué les grands enseignements ;
Comblant, dès le matin, vos jours d'événements :
Le deuil, la trahison, la haineuse colère

Vous suivent pas à pas, et votre astre n'éclaire
Que fleuves débordés et cratères fumants ;
Vous avez tout sondé : droits, croyances, serments ;
A vingt ans votre vie est presque séculaire.

L'exil, sur tout cela, comme un dais glorieux
Et sinistre à la fois, plane et dérobe aux yeux
L'oint du Seigneur, le Roi sincère et légitime.

Nous attendons en vous notre suprême arrêt :
Quoi qu'il doive résoudre, ou sauveur, ou victime,
Pour régner ou mourir, sire, tenez-vous prêt.

SONNET IV.

O sublime imposteur, Ossian Macpherson,
Certes, ton œuvre est belle, et glorieuse, et sainte.
Pour les derniers enfants de toute race éteinte,
Elle est une éclatante et pieuse leçon.

Ton peuple était tombé, sans laisser la rançon
Qu'il faut à Mnémosyne impassible à la plainte,
Pour qu'elle ouvre aux héros l'inviolable enceinte,
Où des échos du temps s'éternise le son.

Nul poète n'avait chanté son épopée.
Il avait, en passant, jeté son bruit d'épée,
Et son nom s'effaçait au silence oublieux ;

Mais il recouvre tout par ton noble génie,
O Barde, et tu lui rends, pour braver l'agonie,
Une histoire immortelle, une Muse et des Dieux.

RHYTHME I.

A M. LE Mⁱˢ A. DE BELLOY.

Noble terre du Nord, ô mère des Barbares,
      Mère des Nations,
Si, dans le vaste cours et les élans bizarres
      De leurs migrations,
Tes guerriers chevelus, ces conquérants robustes,
      Goths, Sicambres, Germains,
Qui s'en vinrent meurtrir, au choc nu de leurs bustes,
      Les oplites romains,
Jadis ont avec eux entraîné ces Génies
      Turbulents, indomptés,
Qui de ton froid climat menaient les harmonies ;
      Lorsque, déshérités,
S'éteignent, en tous lieux, les rejetons débiles
      Des héros fondateurs ;

Où s'en vont cependant les ailes inutiles
　　Des esprits protecteurs?
As-tu, vers tes déserts, ô terre maternelle,
　　Dans tes forêts, autour
De tes monts argentés d'une glace éternelle,
　　As-tu vu de retour
La troupe de tes Dieux et de tes blondes Fées?
　　Oh! s'il en est ainsi,
Dis-moi, qu'ont-ils sauvé parmi tant de trophées,
　　Et que t'ont-ils choisi
Pour relique suprême et souvenir opime
　　Des quatorze cents ans
De conquête, de gloire et de règne sublime,
　　Dont ces noms reluisants
Ont cerclé pour toujours et le monde et les âges?
　　Puissé-je, avant ma mort
Avoir, pour visiter tes retraites sauvages
　　Quelque répit du sort!
Alors j'irai vers toi, vieille Scandinavie,
　　O mère des aïeux,
De leurs derniers enfants qu'abandonne la vie
　　Te porter les adieux.
Au bord de tes grands lacs, de tes fleuves livides,
　　Voyageur anxieux,
Parcourant à la nuit tes campagnes rigides,
　　Mon pas religieux
Ira des fils de l'air surprendre l'assemblée.
　　C'est lorsque, dans les airs,
Comme un voile d'argent scintille la gelée,
　　Quand la lune, à travers
Le réseau palpitant de ses blondes paupières,
　　Allonge ses regards,
C'est alors qu'on les voit, dans les blanches clairières,
　　Unir leurs vols épars.
D'harmonieux appels dans le loin retentissent.
　　Ils vont, et des bouleaux

Les scions effilés sous leurs ailes frémissent.
  La harpe des échos
Tend, sous l'archet ailé de la brise magique,
  Ses cordes de cristal,
Et brode, par instants, d'un cercle de musique,
  L'horizon boréal.
Ils arrivent : leurs flots descendent et se pressent
  Au lieu du rendez-vous.
Des cheveux éployés les ondes qui s'affaissent
  Tombent jusqu'aux genoux.
Sur la mousse roidie où la gelée éclose
  Commence à rayonner,
Des pieds charmants et nus aussi comme la rose
  Posent sans frissonner ;
Et le vent glacial où les Elves cambrées
  Suspendent leurs essaims
Baise, sans y marquer ses lèvres acérées,
  La neige de leurs seins.
Un rempart de sapins à la stature sombre,
  Qui grondent sourdement,
Et sur leurs bras ouverts drapent les plis sans nombre
  De leur lourd vêtement,
Défend de toutes parts l'enceinte circulaire,
  Où la cour des Esprits
Vient chercher pour ses jeux un innocent mystère.
  Comme éveillés, surpris,
Quelques bouleaux serrés dans leur écorce blanche
  S'avancent çà et là,
Et l'on voit par instants leur tête qui se penche
  Pour regarder. Voilà
Qu'aux mélèzes froissant leurs longues branches molles
  Et leurs cônes nombreux,
Le givre a suspendu ses vives girandoles :
  D'où vient pourtant qu'entr'eux,
Au lieu de commencer leurs ébats, les Génies
  Causent, le front baissé ?

Ah ! c'est qu'aussi pour eux les danses sont finies,
            Et le temps est passé
Où le beau souvenir, père de l'espérance
            Et des chansons de miel,
Tressait le monde entier dans une ronde immense
            Qui retournait au ciel.
Maintenant c'est le temps des sombres élégies,
            Des pieux entretiens ;
C'est le temps de pleurer sur les tombes rougies,
            Les os livrés aux chiens,
La profanation de toute noble chose,
            Et l'outrage béant
S'acharnant au passé qu'il déchire et qu'il ose
            Refouler au néant.
O mon cœur, c'est le temps où, pour venger son culte
            Et le nom paternel,
Sur les lèvres d'un fils une dernière insulte
            Fait déborder le fiel !
Saisis ce glaive ardent que la haine te forge,
            Champion du passé :
A tous ces mécréants fais rentrer dans la gorge
            Leur blasphème insensé.
Qui sait ? ta force enfin a pu t'être rendue
            Dans ce loisir amer,
Et bientôt... Mais silence : à cette heure attendue,
            Que nul accent de fer
Ne vienne effaroucher les notes argentines
            De ce lai merveilleux,
Que le chœur des esprits, sur les harpes divines,
            Chante aux morts glorieux !
Sur un tertre élevé trône le roi des Fées,
            Un vieillard rayonnant,
Dont la barbe neigeuse, aux nocturnes bouffées,
            Roule à flot bouillonnant,
Découvrant quelquefois de sa mâle poitrine
            Les ondulations.

Son front large et splendide où l'extase burine
      D'austères passions,
Aiguisée en avant, porte une double branche
      Du sapin le plus noir;
Et, dans sa main nerveuse, est la baguette blanche,
      Signe de son pouvoir.
Il fut homme jadis; il naquit d'une femme;
      Mais, poëte inspiré,
Sans se mêler au monde, il nourrissait son âme
      D'un amour éthéré...
Emporté, jeune encore, aux bras des Invisibles,
      Roi d'un peuple charmant,
Qui de chants et d'amour tisse ses jours paisibles,
      Les siècles lentement
Sur sa tête ont blanchi sans la rendre chenue:
      Et l'immortalité,
Fiction d'ordinaire, est pour lui devenue
      Une réalité.
C'est lui qui parle : — Avant que cette ère fatale,
      Formidable rocher,
Où s'en vient échouer la marche triomphale
      De tout royal nocher,
Sur notre empire aussi n'ait projeté son ombre,
      O mes sœurs, hâtons-nous;
Mon âme dans mon sein chante un augure sombre,
      Mon cœur pleure sur vous :
Hâtons-nous, ô mes sœurs, et saluons ensemble
      Ceux qui nous ont aimés!
Ah! la dernière nuit peut-être nous rassemble :
      Sous la tombe enfermés,
Les tristes descendants de nos races chéries
      Ont douté de leurs noms
Oubliés à l'envi par d'ingrates patries;
      Mais nous nous souvenons,
Nous hôtes et gardiens de tous ces beaux royaumes;
      Et, certes, vous pouvez

Recroiser sous vos draps, magnanimes fantômes,
Ces bras que vous levez :
Car vous avez quitté, votre tâche accomplie,
Le monde des vivants ;
Et, l'on a beau jeter, comme un reste de lie,
Votre mémoire aux vents,
On n'effacera pas, au vaste champ des âges,
Un seul des grands sillons
Creusés et fécondés par vos puissants courages.
Que vos cœurs de lions
Ne s'inquiètent plus : la divine mémoire,
Ce registre éternel
Où l'on ne fausse rien, sait ce qu'elle doit croire
Du mensonge mortel.
Même aux derniers venus là-haut sera comptée
Leur résignation,
S'ils n'ont point dans le cœur, quand la main fut domptée,
Vendu leur nation.
Honneur aux fils pieux dont les âmes austères,
Ceintes de leur douleur.
Ont veillé, nuit et jour, au tombeau de leurs pères,
Mais aux lâches malheur !
Et le chœur, retenant la corde lente et grave
Qui pleure sous les doigts,
Laisse éclater soudain l'éblouissante octave,
Et chante par trois fois :
Louange aux hommes forts dont la féconde épée
Sur un monde a régné !
Paix aux derniers soutiens de la grande épopée
Qui n'ont point forligné !
On voit alors flotter dans ces mains familières
Et monter vers les cieux
Des peuples chevaliers les antiques bannières,
Ces blasons radieux,
Or, argent, sable, azur, gueules, sinople, hermines,
Où vit en traits parlants

La gloire féodale échappée aux ruines
    Des choses et des temps ;
Et brillent cependant d'un éclat plus splendide,
    Et, d'un plus fier essor,
Ont jailli, dans l'azur où leur Ange les guide,
    Les trois fleurs de lis d'or !
Chanson, tu descendras la rive de la Seine :
    En face d'un îlot
Où s'appuie un vieux pont, et dont l'ombrage trame
    Et bleuit sur le flot,
Tu verras un jeune homme ainsi que toi fidèle
    Au culte d'autrefois,
Et qui, dans tes accents, d'une âme fraternelle
    Reconnaîtra la voix ;
Mais la sienne peut seule affermir mon courage
    Dans l'arène où je cours,
Route ardue où jamais au vulgaire suffrage
    On n'admet de recours.

SONNET V.

Oui, j'aime à remuer cette langue héroïque
Qu'à la bataille, en lice, en combat singulier,
Faisait lire autrefois l'écu du chevalier,
Et que l'on écrivait du glaive et de la pique ;

Noble alphabet où tout par la gloire s'explique :
En émaux éclatants on y voit s'allier
La croix du pèlerin, le pal du justicier
Au Lis royal, orgueil du jardin héraldique.

Créneaux des châtelains, lions chers aux vaillants,
Besants des bannerets, chevrons des tournoyants,
Emblèmes de grandeur et d'illustre aventure,

Dans vos leçons pourtant on ne voit de nos jours
Qu'un ornement qui sied aux flancs d'une voiture,
Ou de jolis cachets pour des cartels d'amours.

SONNET VI.

Il est beau de mourir de la mort consulaire.
En frappant à la face un insolent vainqueur,
De changer à propos en sanglante colère
L'outrageuse parole et le geste moqueur.

Au chemin du devoir quand la foi nous éclaire,
Lorsqu'on porte sa Rome et ses Dieux dans le cœur,
Toute action en elle enferme son salaire ;
Comme on est sans envie, on reste sans rancœur.

Ce qu'il faut, c'est que nul de la chaise curule,
Où le patricien attend l'arrêt du sort,
Ne fasse une sellette infâme et ridicule.

Celui qui résigna, par un suprême effort,
L'avenir de sa race au destin qui l'annule
Pour en garder l'honneur est encore assez fort.

SONNET VII.

Lorsque, ceignant leurs fronts de couronnes notoires,
Les guerriers dans le Tibre, avaient lavé leurs mains.
Aux matrones sans peur, aux louveteaux romains
Ils gardaient une part du sang de leurs victoires :

Le cirque s'élevait, et, quand des vomitoires
Avait roulé la foule aux regards inhumains,
Vers l'arène, où gisaient quelques fauves Germains.
Les bêtes s'élançaient du fond des loges noires.

Mais parfois un esclave, en ce combat hideux,
Se dressant sur ses pieds, seul, déchirait en deux
Un grand lion d'Afrique à la gueule béante ;

Le peuple applaudissait, et le gladiateur,
Reconnaissant Hercule à cette œuvre géante,
Allait sacrer ses fers au Dieu libérateur.

SONNET VIII.

Il est doux, quand déjà la nature frissonne,
D'abandonner la ville une dernière fois,
Conduisant à son bras, pour parcourir les bois,
Une enfant de quinze ans, blanche et frêle personne,

Dont la voix de printemps chante : Oh! j'aime l'automne
J'aime dans les rochers les sinistres abois
De la bise échappée, et, sur les coteaux froids,
La brume qui s'enroule aux arbres sans couronne.

Surtout j'aime, aux vallons, à froisser sous mes pas
Ces feuilles dont l'accent qu'on ne retrouve pas
Éveille dans mon âme une harpe plaintive...

Et, de sa poésie interrompant l'essor,
La vierge vous regarde, et, confuse et naïve,
Incline, en rougissant, sa tête blonde encor.

SONNET IX.

Iris, votre aspect seul efface la tristesse,
Et c'est vous cependant qui parlez de mourir.
Que vous a fait la vie ? Elle a, comme à plaisir,
De grâce et de beauté fleuri votre jeunesse.

Il est vrai, la Fortune, envieuse déesse,
Se raille de ces fleurs qu'elle sait trop flétrir ;
Sans la sève du cœur que sa main va tarir,
Ce n'est plus qu'une vaine et stérile richesse.

Mais quoi, tout enfantine et sans secrets encor,
Comme en un lac d'azur scintille un sable d'or,
Au miroir de vos yeux on voit rire votre âme.

Vous désirez la mort, doucement et sans fiel ;
Ce souhait innocent ne souffre point de blâme ;
Sans inculper la terre, il monte vers le ciel.

SONNET X.

A. M. AUSONE DE CHANCEL.

Chancel, quand vous chantez la rivière de Touvre,
Et ses bords ombragés, fleuris comme un jardin,
Ce jeune souvenir vous ranime, et soudain,
Pour espérer encor, fait que votre âme s'ouvre.

Si d'un voile chagrin mon front alors se couvre,
Oh! ne présumez pas que ce soit par dédain
De ces choses d'enfance. Ah! malheur au mondain
Pour qui le toit natal n'est pas le plus beau Louvre.

Mais ceux qui n'en ont pas, ceux qui, nés dans l'exil,
De leurs jours écoulés en remontant le fil,
Ne voient pas reverdir la rive paternelle,

Ceux-là peuvent sans tort renier un berceau
Que loin de la patrie a mis un sort rebelle ;
Ceux-là doivent souvent songer à leur tombeau.

SONNET XI.

Quand la blanche victime, aux autels destinée,
Enfin était ravie à l'enclos de ses prés,
On ne la voyait point, vers les parvis sacrés,
Marcher en relevant sa tête couronnée.

En vain, d'encens, de fleurs, de chants environnée,
Du plus beau lin d'Élis ses flancs étaient parés,
Et ses cornes en vain et ses ongles dorés,
On ne l'avait jamais que par force emmenée.

Farouche, l'œil oblique, écoutant son instinct,
Elle ne croyait point à ce pompeux destin,
Et sentait sur son cœur le doigt des aruspices :

Car la mort, pour surprendre, a beau se déguiser ;
Toujours, sous les festons et les voiles propices,
On voit, dans un reflet, la hache s'aiguiser.

SONNET XII.

Arles, noble cité, ville césarienne,
Dont les vieux empereurs recherchèrent l'hymen,
Et qui gardes le sceau de ta grandeur ancienne
Largement incrusté dans ton ciment romain ;

En ton recueillement, grave patricienne,
Montrant de ton granit le travail surhumain,
De mes puissants époux, dis-tu, qu'il vous souvienne !
Voyez de quels joyaux m'enrichissait leur main.

Oui, tu peux te draper dans tes grandes ruines ;
Comme Rome tu peux t'asseoir sur tes collines,
Et traîner à longs plis le deuil du peuple-roi :

Car il a, mieux encor qu'aux blocs de tes arènes,
Dans les beaux traits latins de tes femmes sereines
Scellé votre alliance et son amour pour toi.

SONNET XIII.

Au renouveau d'abord les jardins et les prées,
De vert tendre vêtus, se parent de blancheur ;
Mais bientôt dépouillant la naïve fraîcheur,
Il leur faut des fleurs d'or et des fleurs empourprées.

D'écarlate et d'azur les moissons diaprées
Courbent de blonds épis convoités du faucheur.
Le soleil des longs jours, rayonnant chevaucheur,
De parfums chaleureux imprègne les vesprées.

Plus de jeunes senteurs, plus de neigeux bouquets :
Les hampes des lilas attristent les bosquets,
Et l'enfant pleure aux champs ses chères pâquerettes ;

Mais de l'heure déjà tourne le sablier,
Et, sous le frais rempart des ombreuses retraites,
La rose nous sourit qui fait tout oublier.

SONNET XIV.

Comme les fleurs de mai la rose aussi se fane,
Et du sang de Vénus ses tissus animés,
Ses calices vermeils, amoureux, embaumés,
Le souffle de l'été les brûle et les profane.

Bientôt la rouille éteint l'incarnat diaphane
Des pétales tremblants sur la poudre semés :
Étrangers aux regards que leur gloire a charmés,
Parmi de vils débris la tempête les vanne.

O Reine, et l'on vous perd sans se noyer de pleurs !
Non pourtant que l'automne ose aux dernières fleurs
Promettre les autels que l'amour vous érige ;

Mais il faut qu'ici-bas tout périsse à son tour :
La plus pure beauté ne laisse de vestige
Qu'un souvenir glacé qui lui survit un jour.

SONNET XV.

Le lis, se balançant sur sa tige palmée
Livre aux vents du midi ses étamines d'or,
Et les chastes parfums de la coupe embaumée
Aux rayons du soleil reprennent leur essor.

C'est l'âme que Dieu fit pour l'extase enflammée,
Pour la foi, pour l'amour où se retrouve encor
Un céleste reflet, comme en l'onde animée
Dont l'été transparent fait sourire le bord.

L'âme se laisse abattre au doute humide et sombre :
La blanche fleur ainsi craint la froideur de l'ombre :
L'une et l'autre mourant hors de l'aspect des cieux.

Le jaune ennui bientôt et l'insecte qui brave
Tachent ce pur vélin et cette beauté grave,
Et les Anges troublés en détournent leurs yeux.

SONNET XVI.

La vigne, suspendant ses opulentes treilles
Aux branches des ormeaux et gravissant toujours,
Lance enfin, par dessus ces ondoyantes tours,
Aux élans du désir ses spirales pareilles.

Puis l'ouragan détruit ses rapides merveilles :
Sur le sol détrempé traînent ses frais atours ;
Le passant la mutile, et les sangliers lourds
Mordent ses pampres verts et ses grappes vermeilles.

De l'arbre fraternel le branchage mouvant
Ne peut la ramener de si loin, et le vent
Ne relèvera point ses guirlandes meurtries.

Non ; il faut, pour revoir les célestes tableaux,
Que le vieux cep retrouve, en ses veines flétries,
Une séve nouvelle et de jeunes rameaux.

RONDEAU I.

A M. JULES DE RAFINESQUE.

Je n'y suis pluz, amy, dans ce bel aage
Où, comme oiseaulx restreuvant le feuillage
Qui des bourgeons s'esclate au renouveau,
Rythmes tousjours chantoient soubz mon cerveau,
Obstant rayson qu'estourdit tel ramage.

Le noir ennuy m'a faict si lourd dommage
Qu'escrire à vous à poine m'encourage.
En vain la Muse aveingt son chalumeau,
    Je n'y suis pluz.

Or cuydez-vous que voulsisse estre sage ?
Non : si je doibs le daphnéique umbrage
A jamais fuyr, resnyant Apollo
Sera pour moy le munde ung vray tumbeau.
Rien diray fors (de moult piteulx languaige) :
    Je n'y suis pluz.

RONDEAU II.

A M. JULES DE RAFINESQUE.

En ung dezert ne sont tous mauvais heufs :
Bien l'avons veu, quand des destins moqueurs
Feusmes proscripts ez lieux où le Rhodane,
En resfroignant, à la Mediterrane
Lairre ses flots lors accreus de nos pleurs :

Maugré nos ans discords et nos douleurs,
De prime abord pour frères nos deux cueurs
Se sont congneus. Ains est-on diaphane
　　　En ung dezert ?

Non ; mais le sens y deffault moins qu'ailleurs,
Plus clers y sont les regards, et meilleurs
Tous les pensers que trop la foule ahane,
Si que (je croy) jamais le temps ne fane
Amytié dont yssirent les fleurs
　　　En ung dezert.

SONNET XVII.

Mon cœur s'esgaye aux chants du vieux langage,
Soit celui-là que le comte Thibaut
Aux d'Orléans, puis au gentil Marot,
Frais et léger, transmit en héritage ;

Ou soit celui que, d'un essor moins sage,
Le fier Ronsard fist résonner si haut,
Et qu'après lui Desportes et Bertaut,
Avec Regnier, n'ont sçeu gardez d'oultrage,

Quoi qu'ayent dit Malherbe et Despréaux,
Du val sacré pour n'estre pas forclos,
Si ne faut-il que parler poésie.

Suivant les temps la Muse a d'autres lois,
Et veut toujours mesler son ambroisie
D'un vin natif, grec, latin ou gaulois.

SONNET XVIII.

Lorsque, d'un pampre vif, Zephyrus, vent feuillu,
Les ceps noirs entortille, et, ja la marjolaine
Embasmant la forest qui retarde à la plaine,
Il espaissit de fleurs le buisson chevelu,

Adonc du cousteau verd je gravy le talu ;
Parmy le bois je vay, retourne et prends haleine,
Sans bien souvent quitter, non encore sans peine,
Que le jour ne desfaille, en entier resvolu :

Heureux rien que de voyr la couleuvre roulée,
Avec son collet d'or, se destendre esveillée,
Ou sur un arbrisseau quelque nid pepiant ;

Ou, joignant le chemin, la biche qui s'esgaye,
Flaire vers moy, regarde, et, prompte s'effrayant,
Comme un traict descoché, se broche en la fustaye.

SONNET XIX.

Oncques s'on a peu voir bergers et pastoureaux
Flageoler, estendus à l'ombrage du hestre,
Sur l'aveine menue une éclogue champestre
Et les bois esmouvoir de leurs nombres rivaux,

Le temps en est bien loing, et les seuls passereaux
A la nymphe sans corps font leurs chants recognoistre.
Les antiques refrains savent trop disparoistre
Ores, pour qu'on esperre en oüyr de nouveaux.

Ni, sur le prez secous de cent meules pareilles,
Deposant leurs rateaux, les faneuses vermeilles
Ne soulent plus dancer avecque les faneurs ;

Ni, de l'esté fécond pour desnoncer la feste,
La faucille à la main, aux champs les moissonneurs
D'un chapeau de bluets ne s'enquadrent la teste.

SONNET XX.

Ores, sur le chemin, tout langoureux se penche
Le bouleau plein de grâce ; ores, comme un chamois,
Il s'esbat, et gravit les collines des bois,
A travers la jonchée et la bruyère franche.

Son feuillage crespu, fretillant sur la branche,
Semble ces anelets qui, deffiant les doigts,
Sur le col virginal refrisent à la fois ;
Comme aussi d'une vierge est sa tunique blanche.

Si d'ombrage il ne tisse encontre le soleil,
Il lairre, sous la lune et le beau soir vermeil,
A son tronc s'adosser la fraische resverie.

Seront plustost que lui les chesnes, les ormeaux
Par les nids recherchés ; ains l'oiseau de férie,
Invisible chanteur, se musse en ses rameaux.

RHYTHME II.

BALLADE.

Blanche, luysante, exquise, printanierre,
Devers les prez encourtinez de fleurs,
Sy se despart la pastorelle fierre
Qui m'a fereu de griefves douleurs,
Et de ma face a tolleu les couleurs.
Je (cependant) que son euil embarrasse,
A mon soulaz ne peulx suyvre sa trace ;
Force m'est-il que me tiengne à recoy,
Pryant ainssy : Puis qu'estes en sa grace,
Fleurs aux doulx yeux, regardez-la pour moy.

De la forest elle suyt la lizierre,
Lez le tailliz et les buissons chanteurs,
Et lui soubrit voyr l'avette ouvrierre,
Ouyr aussy des couples picoreurs

Le glay joyeulx et semblables rumeurs.
Je m'esbahy qu'aux rayons de sa face
Chascune voix ne s'esteingne et deffasse :
Si fayt la mienne, et j'en sçay le pourquoy.
En son honneur presentement m'efface.
Ryants oiseaulx, saluez-la pour moy.

Puis soubz la lune, en la ronde clerierre
Elle desvalle avec ses jeunes sœurs,
Dancer parmy verte mousse et bruyerre :
Une est l'esprit d'armonie et doulceurs ;
Une autre soingne aux magiques lueurs.
Là ce que j'aime a prins la haulte place,
Sans nul murmure à sa gentille audace.
Son nom royal l'on devine, je croy.
Vous dont la cour comme royne l'embrasse,
Hardis esprits, invoquez-la pour moy.

Dame, seray, quanque chose se fasse,
Vostre servant et lige sans fallace ;
Ains me veuillez lyer à vostre arroy.
Et, sur cela qu'humblement je pourchasse,
Anges benins, inspirez-la pour moy.

SONNET XXI.

A. M. AUSONE DE CHANCEL.

C'est vous qui m'avez dit la déplorable histoire
De ce bon ménestrel, Guillaume de la Tour,
Qui, consumant son cœur d'un orphéique amour,
Lorsque sa bien-aimée eut, dans la tombe noire,

Éteint ses doux regards, ne voulut jamais croire
Qu'elle pût être morte; et, jusqu'au dernier jour,
Il couvrit de baisers avides de retour
Ce corps décomposé qu'embaumait sa mémoire.

Hélas! mon pauvre ami, nous sommes fous aussi,
Fous d'incurable amour, et nous allons ainsi
Poursuivant de nos feux la Muse trépassée.

Qui sait? peut-être enfin nous la réveillerons;
Mais, d'un somme éternel si son âme glacée
Ne peut renaître en nous, en elle nous mourrons.

RHYTHME III.

Pieça suis en doubtance
Si je ne l'ame point :
Bien sçay-je qu'à distance
Son soubvenir me poingt;

Ains, prez d'elle seulette,
Que voise m'alaizer,
Ma flamme nouvelette
Guigne de s'apaizer.

J'ay sa main blanche et peinte
De roze aux doigts menuz
Aucunes fois estreinte,
Nue entre mes doigts nuz.

Content de n'avoir oncques
Irrité ses yeulx fiers,
Pour ma chevance adoncques
Aultre adveu ne requiers.

Si sçay-je que grand' erre
On fayt, par trop ozer,
Fuyr l'oysel de terre
Comme il songe y pozer.

O bel oysel celique
Ne t'effarouche tant,
Ou ton vol angelique
M'enleve en repartant!

SONNET XXII.

Non, je n'avais jamais rêvé rien de pareil
A ce bijou charmant qui fait votre personne :
Chair d'opale, cheveux dont l'or blême frissonne
Et se poudre d'argent sous les rais du soleil,

Couleurs comme l'aurore en offre à son réveil,
Regards céruléens ; et tout cela foisonne
D'une santé si jeune, et si clair se façonne,
Que l'air, en y touchant, prend un reflet vermeil.

Aussi je ne crois point que l'humaine nature
Puisse vous réclamer, ô belle créature,
Trop riante pour être un Séraphin tombé.

On vous prendrait plutôt pour une nymphe éclose
Du gracieux hymen d'un lis et d'une rose,
Et nourrie aux baisers de la blonde Phœbé.

SONNET XXIII.

A M. LE Mⁱˢ A. DE BELLOY.

Quand l'hiver, promulguant son funèbre anathème,
Meurtrit la capucine et durcit les gazons,
Et que Phœbus se cloître aux lointaines maisons,
O du dernier amour mélancolique emblème,

Fleur qui souffres toujours, vivace chrysanthème,
Ce n'est pas au vieillard éprouvé des saisons
Que ta lèvre gercée apporte ses frissons,
Ce n'est point l'être froid qui te cherche et qui t'aime !

Mais une belle, honneur des rivages toscans,
Mais un poëte jeune et plein de beaux élans
Au foyer de leurs cœurs te gardaient un asile.

Et moi qui les connais, je veux, à cause d'eux,
Par sympathie aussi, que ma muse docile
De tes amers parfums imprègne ses cheveux.

SONNET XXIV.

Sur son rocher fatal quand l'aigle solitaire
A rapporté sa chasse, il se gorge de sang ;
Puis, dispersant les os à l'entour de son aire,
Par trois fois il élève un cri rauque et puissant.

L'abîme en a gémi. La forêt tributaire
A retrouvé ses chants et son peuple innocent.
Le maître satisfait ne tient plus à la terre :
Aux soins du lendemain jamais il ne descend.

Immobile, il séjourne au front de la montagne ;
Mais si quelque vautour, effrayant la campagne,
Vient distraire ses yeux des aspects de l'éther,

Soudain le Roi s'arrache à son loisir sublime.
Il venge son injure, et, laissant la victime,
Superbe, s'en retourne aux pieds de Jupiter.

SONNET XXV.

Il était beau, vainqueur, approuvé de Bellone,
De triompher à Rome et dans l'histoire encor,
Et, gardant pour butin la gloire qui rayonne,
D'être à jamais sacré du nom d'Imperator.

Sur un trône mouvant que le peuple environne,
Le Consul reluisant de vermillon et d'or,
Au front de Jupiter pour léguer sa couronne,
Allait au Capitole achever son essor.

Que chantaient cependant ses compagnons de guerre ?
Demain, lui disaient-ils, retombé sur la terre,
Tu seras seulement plus grand que nos enfants.

Toujours les combattants raillent leur propre ouvrage :
Dès qu'ils ont de la foule excité le suffrage,
Leur rôle est de jeter l'insulte aux triomphants.

SONNET XXVI.

La bise aux cris hagards hérisse la colline :
Parfois on voit errer, comme allant en avant,
Des peluches de neige aux rafales du vent.
La verdure se fige aux bourgeons de l'épine.

L'herbe languit ; les bois sont la même ruine.
Le soleil n'a lancé qu'un rayon décevant,
Qui ne peut, à travers le nuage mouvant,
Sur la nappe des prés essuyer la bruine.

C'est l'hiver : toutefois c'est aussi le printemps :
Et dans les airs, malgré la brume et les autans,
On sent déjà fumer la séve élaborée,

Et déjà les ajoncs, fleurissant les sentiers,
Verser de la saison par eux inaugurée
Les parfums les plus doux, car ils sont les premiers.

SONNET XXVII.

Quoi, Mars enfui, déjà ! Les gentilles fauvettes
Ont, dans les bois rougis, chanté leurs premiers chants ;
Pâques de ses bouquets a parsemé les champs ;
On voit, sous l'aubépin, bleuir les violettes :

Et nous, toujours blottis en nos tristes retraites,
Nous n'avons pas saisi, sur les coteaux penchants,
Ce précoce sourire et ces parfums touchants,
Cette virginité si divine aux poëtes.

Ainsi de tout ; ainsi disparaissent ces jours
D'amoureuse jeunesse et de jeunes amours
Qu'argente l'innocence et l'intacte rosée !

Les vents seuls et le ciel en cueillent les trésors,
Et nous, lorsqu'a péri leur richesse irisée,
Nous nous en souvenons, et nous pleurons alors.

RHYTHME IV.

Ce n'est point une coquette
  Bergerette
Qui tient mon cœur enchanté ;
Ce n'est une châtelaine
  Noble et vaine
Qui fait ma félicité ;

C'est, qui sait ? une sylphide
  Qui, rapide,
Argente le bleu des airs ;
Ou bien peut-être l'ondine
  Blonde et fine,
Aux yeux verdâtres et clairs ;

Ou peut-être encor la fée
  Attifée
De joyaux mystérieux,
Qui rayonne de prestige,
  Et voltige
Comme une flamme à nos yeux :

Ou Mélusine ou Morgane,
  Diaphane
Et blanche apparition,
Qui chaque jour m'est présente,
  Et m'exempte
De terrestre passion.

Vraiment, sur un char quelconque,
  Une conque
Ou l'hippogriffe dispos,
Sitôt que sa voix m'invite,
  Je visite
Ou les astres ou les flots.

Pour cette étrange compagne,
    En Espagne
Je ne bâtis de châteaux,
Mais plutôt, parmi l'ombrage
    Du nuage,
Des palais toujours nouveaux ;

Mais, sous les eaux sinueuses,
    Écumeuses,
Des cabinets de corail,
Dont sans cesse, avec la houle
    Qui les roule,
Se transforme le travail.

De rubis, de perle rare
    Ne se pare
Celle qui fait mes amours ;
Velours, satin, brocatelle
    Ni dentelle
Ne composent ses atours ;

Mais pour elle je dérobe
    Une robe
Au bel orient vermeil,
Un collier à la rosée
    Irisée,
Un diadème au soleil.

Si par hasard une plume,
    Dans la brume
Aux ondes couleur d'onyx,
Flotte sur son cou d'ivoire,
    Il faut croire
Qu'on l'a ravie au phénix ;

Ou si quelquefois s'allie,
    Embellie,

Une fleur à ses cheveux,
C'est sans doute la sonore
    Mandragore,
Corolle aux chants merveilleux.

Aux concerts que je lui donne,
    Ne résonne
Ni théorbe ni hautbois,
Et nul instrument de fête
    Ne m'y prête
L'assistance de sa voix.

Seule la harpe idéale,
    Sans rivale,
Peut invoquer sûrement
Cette beauté dont la flamme
    Donne à l'âme
L'essence du diamant,

Et jusqu'en la nuit profonde
    De ce monde,
En fait jaillir en tous sens
De sa lumière infusée,
    Attisée
Les éclats éblouissants.

Ce n'est point une alchimie
    Ennemie,
Une vaine illusion :
Quiconque, disciple ou maître,
    Dans son être
En a subi l'action,

Comme engagé par un pacte,
    S'il contracte,

Plus d'un sévère devoir,
En lui-même aussi possède,
　　Sans autre aide,
Un invincible pouvoir.

Qu'il le profane ou s'y trompe,
　　Qu'il en rompe
Tout le prodige à dessein,
A jamais il en renferme
　　Quelque germe
Qui s'irrite dans son sein.

Il peut s'y rendre indocile
　　Et stérile,
Mais il ne saurait bannir
Le reproche de sa chute,
　　Ni la lutte
Du magique souvenir.

SONNET XXVIII.

La nature, dans nos climats,
N'a point, comme aux rives indiques,
Les splendeurs larges et magiques
D'une atmosphère sans frimas.

Point de palmiers, terrestres mâts,
Point de lianes magnifiques,
Point de plaines en mosaïques,
De vallons aux riches amas;

Mais ses merveilles plus modestes
De rayons âpres et funestes
Ne se voilent pas à nos yeux.

Moins brillante, elle est aussi belle;
Ses attraits sont tout gracieux,
Et nous pouvons vivre avec elle.

RONDEAU III.

Quand je suis laz , que ma teste enroillée
De son plaisir souffre despareillée ,
Pour ce qu'elle est espreinte de soussy,
Je ne m'arreste et n'esperre mercy
Dedans ma chambre et ma couche embroillée.

Je fuy parmy l'herbe verde esmaillée :
Sur ung costeau, le doz à la feuillée,
Là je m'estends, et ne suis bien qu'ainssy,
        Quand je suis laz.

Je sens autour la terre travaillée
De sa vigueur et la séve esveillée.
J'oy les oyseaux et l'air qui chante aussy.
Sous le pavois du beau ciel esclercy,
Adonc revit mon âme dessillée ,
        Quand je suis laz.

SONNET XXIX.

Plus précoce, l'année a des grâces plus vives.
On dirait d'une enfant dont la joue en éveil ,
Avant l'heure voulue, a senti le soleil,
Et que le rire encore atteint jusqu'aux gencives.

En ces rares printemps aux splendeurs fugitives,
Sous ses tissus d'un grain à la nacre pareil,
La corolle nubile offre un sang plus vermeil ,
Verse un parfum plus fin de ses lèvres naïves.

La nature triomphe, et la virginité
S'épanouit alors dans toute sa clarté.
Nul contact n'a terni la fleur inattendue.

Le feuillage en duvet hésite à protéger
Cette beauté candide et si chastement nue
Qu'elle semble devoir désarmer le danger.

SONNET XXX.

Qu'avez-vous fait, enfant? Voulez-vous que je meure ?
Pourquoi cette rougeur en me disant adieu ?
Je pouvais vous aimer sans espoir, tout à l'heure ;
Je m'étais résigné : maintenant, ô mon Dieu !

Je t'aime, enfant, je veux... Oh ! permets que j'effleure
Ou ton voile ou tes gants de mes lèvres en feu,
Et dis-moi, car toujours notre désir nous leurre,
Si ton cœur et le mien forment le même vœu.

Mais je suis insensé : votre rougeur sans doute
Exprimait du jeune âge un aimable embarras.
Ce sont les battements de mon cœur que j'écoute.

Pour vous, quand à jamais vous fuiriez ces climats,
Vous seriez sans regrets. Partout, sur votre route,
Semant des souvenirs, vous n'en recueillez pas.

SONNET XXXI.

Ne me demandez pas si sa prunelle est peinte
Ou du céleste azur ou du brun de la nuit ;
Quelle nuance d'or, de jaspe ou d'hyacinthe
A ses tempes se joue, en sa tresse reluit ;

D'albâtre ou d'incarnat si sa joue est empreinte ;
Si c'est grâce chez elle ou beauté qui séduit ;
Ne me demandez pas quel espoir, quelle crainte,
Se mêlant à mes feux, me guide ou me poursuit :

Car son regard, ainsi qu'un voile de lumière
Sur ses yeux, fait ployer et frémir ma paupière ;
Car l'auréole flambe à son front innocent ;

Car elle m'apparaît, toujours transfigurée ;
Car elle est moins aimée encore qu'adorée,
Et je voudrais pouvoir l'empourprer de mon sang.

SONNET XXXII.

Enfant aux yeux divins de qui mon âme éprise
A sans cesse le nom et les charmes présents,
Savez-vous mon amour, et mes vers, chaste encens,
Soulèvent-ils en vous une douce surprise ?

En confuses lueurs ma flamme se déguise,
Inhabile à blesser vos regards innocents.
De loin, sans les troubler, elle effleure vos sens,
Comme un parfum qui tremble effeuillé par la brise.

Ainsi dans la vallée où tous deux nous passions,
Vous avez respiré les émanations
De quelque fleur fortuite et bien vite oubliée :

Mais un jour, vous trouvant moins prompte à les bannir,
Reviendront caresser votre âme repliée
Et la fraîche senteur et le doux souvenir.

SONNET XXXIII.

Assis tous deux sur l'herbe fraîche et drue,
Et là, rêveurs, entrelaçant leurs doigts,
Lui, regardait au loin flotter les bois ;
Elle, à ses pieds laissait mourir sa vue.

Tout à l'entour, en toilette ingénue,
Couraient ces fleurs qu'avec de grands émois
L'amour naïf consulte à demi voix :
L'enfant aussi s'en est ressouvenue.

Puis rejetant, d'un geste inoublié,
La marguerite effeuillée à moitié,
Non, sourit-elle, à quoi bon cet augure ?

En disant vrai, peut-il à mon bonheur
Rien ajouter ? Et, s'il ment, je suis sûre
Que, pour trois jours, s'en alarme mon cœur.

SONNET XXXIV.

Du hâle d'un long jour la campagne épuisée
S'emboit avec bonheur du souffle de la nuit,
Et les frissons légers de la brise qui fuit
Sur son sein humecté font perler la rosée.

Le soleil, aspirant cette pluie irisée,
Vient essuyer des fleurs l'éphémère réduit,
Et laisse subsister sur les contours du fruit
Une empreinte de gaze, ou bleuâtre ou rosée.

Voile tissu d'éther, transparent velouté,
Emblème efflorescent de la virginité,
Que le toucher d'abord efface, comme un rêve !

Pour ce charme idéal, dans les maigres halliers,
On préfère souvent une âpre et verte séve
Au nectar savoureux des riches espaliers.

SONNET XXXV.

Sur le chaume incliné, près de la haie en fleurs.
Le sureau, rejetant ses vigoureuses pousses,
Soulevait au soleil la semence des mousses
Dont le matin lustrait les humides couleurs ;

Et plus haut piétinaient deux oiseaux roucouleurs :
Après s'être enivrés de leurs caresses douces,
Ils allaient, du lichen grattant les plaques rousses,
Mais déjà revenant à leurs baisers meilleurs.

Une enfant aux yeux bruns, à la pose ingénue,
Vers ce coin solitaire en courant parvenue,
Les regarda longtemps, sans bouger ; puis soudain,

Se sentant frissonner et rougir, sous les branches,
Effraya d'un caillou les tourterelles blanches,
Et s'enfuit dans le pré, légère comme un daim.

SONNET XXXVI.

J'ai trouvé ta piste,
Petit réséda ;
Mais l'enfant résiste :
Elle te garda.

D'or ni d'améthyste
Flore ne broda
La fleur grêle et triste
Qu'elle t'accorda.

Vivre à la ceinture
D'une beauté pure
Est un beau destin :

Parfum qu'on adore,
Il vaut mieux encore
Mourir dans son sein.

SONNET XXXVII.

Au plus fort des beaux jours, quand s'enlace et se croise
La liane au sarment, la fleur avec le fruit,
Que chaque herbe recèle un insecte qui luit,
Que les buissons, d'où suinte une odeur de framboise,

De passereaux toujours enferment quelque noise,
Et que partout la vie et fermente et bruit,
De la nature alors l'haleine qui vous suit
Vient vous frapper au cœur, comme un jet de cervoise.

On tombe sur le sol, et, les bras étendus,
On invoque ces Dieux que la terre a perdus :
Pan, Cybèle, Diane et sa troupe nomade.

Et, lorsqu'on se relève, on voit, sous les rameaux,
Flotter les traits riants d'une jeune Dryade
Dont cet hymne rapide a troublé le repos.

SONNET XXXVIII.

Il est, au sein des bois que j'ai tant parcourus,
Entre deux sentiers verts, une pointe inclinée,
Couverte de bruyère et de bouleaux ornée :
Lieu charmant, un de ceux qui m'arrêtent le plus.

Là, me trouvant un soir assis sur le talus,
Deux légères enfants à ma vue étonnée
S'offrirent, descendant la pente gazonnée,
Sans que nul pas suivît leurs pas inentendus.

Les bras entrelacés, et, d'un regard tranquille,
Admirant le feuillage ou l'occident mobile,
Elles passaient ainsi, calmes dans leur printemps.

Je les vis disparaître aux plis de la vallée,
D'où la brise vers moi rapportait par instants
Leur voix, leur fraîche voix de rires émaillée.

SONNET XXIX.

Assises près des eaux, les belles innocentes
Effeuillent l'églantine entre leurs doigts distraits.
Les fleurs dont le soleil énerve les attraits
Soulèvent au zéphyr leurs lèvres languissantes.

Les nénuphars, sortant des ondes caressantes,
Aspirent l'étamine, et, des stygmates frais,
L'abeille pénétrante attaque les secrets.
La cétoine se niche aux ombelles croissantes.

Chrysanthèmes, pavots, bluets, trèfles pourprés
Cisèlent de splendeurs la courtine des prés.
L'oiseau vole aux buissons, et l'insecte à la plaine.

Le rossignol pensif, vers les confins du bois,
S'arrête, et, regardant du haut de quelque chêne,
Tamise dans son sein les trésors de sa voix.

SONNET XL.

Près de la mare où viennent boire
Les ramiers couleur de raisin,
Dort à l'ombre du bois voisin,
Une enfant à paupière noire.

A son front plus fin que l'ivoire
Ses deux bras servent de coussin ;
Ses cheveux traînent sur son sein
Dont la douce vapeur les moire.

Éprise à son souffle vermeil,
Sans cesse autour de son sommeil,
Glisse la libellule bleue.

Comme pour mieux voir cependant,
Un lézard vert à longue queue
Gravit sur le rameau pendant.

RONDEAU IV.

Dezir gentil d'alliance loyale
Avecques Loz et sa troupe royale
De ja pieça me venist seigneurir,
Et me feit-il chanter, pour m'aguerrir
Soubz le soleil, comme verde cigale.

Ce n'est le tout qu'en l'herbe prairiale
De celle-cy la vigueur se signale ;
Ez bois l'emmeine, et par les monts courir
    Dezir gentil.

Et n'a soussy de la pince brutale
D'oyseaulx gloutons et bise glaciale ;
Ains, courageuse, attendant de mourir,
Fayt son office, et, sans pluz s'enquerrir,
Suyt et proclame, en sonnant sa cymbale
    Dezir gentil.

RHYTHME V.

Oui, l'industrie est grande et féconde en merveilles ;
  A ses résultats éclatants
Je ne fermerai plus mes yeux ni mes oreilles :
  J'admire, je vois et j'entends.

Géante aux mille bras qui jamais ne recule,
  Elle a, par ses travaux altiers,
Fait pâlir les exploits du fabuleux Hercule,
  Dont on rirait dans ses chantiers.

Certes, de plus d'une hydre aux têtes indomptables
  Et d'un grand nombre de tyrans
Elle a purgé la terre, et dans bien des étables
  Fait couler l'onde des torrents.

Voler autour du monde, éventrer les montagnes,
  Chevaucher les airs et le feu,
Aux fleuves assigner leur cours dans les campagnes,
  Pour elle, ce n'est là qu'un jeu.

Que ne fait-elle pas ? Ses volontés sacrées
  Ont confondu des nations
Les mœurs et le langage, aplani des contrées
  Les vaines démarcations ;

Débarrassé le sol des gothiques ruines,
  Conquis à des emplois grossiers
Les temples, les palais ; aux noirs travaux des mines
  Livré les hommes par milliers ;

Et, ridiculisant les honnêtes mobiles,
  Dont les cerveaux sont dégagés,
Sous d'autres préjugés actifs et plus utiles
  Effacé les vieux préjugés.

Telle est, telle est ton œuvre, ô reine de notre âge,
  Et vraiment je ne dis pas tout :

Vainement le passé de sa tombe t'outrage ;
    Ta gloire est vivante et debout.

Mais quoi, sur cette terre il n'est rien de solide,
    Rien de nouveau sous le soleil.
Les forces changeront ; mais, plus ou moins rapide,
    Le mouvement sera pareil ;

Et malgré ton empire, ô magique industrie,
    Et tes empiétements constants,
Produiras-tu jamais rien que la barbarie
    N'ait aussi produit dans son temps ?

Toutefois tu ne peux introduire comme elle
    Aux veines des peuples vieillis
Le sang jeune et fécond d'une race nouvelle
    Qui remonte aux cœurs avilis,

Et qui, régénérant chez nous la forme humaine,
    Ferait sur ce tronc dévasté,
Comme une séve en jet que le printemps ramène,
    Fleurir la force et la beauté.

SONNET XLI.

A peine le printemps a sa neige triée,
Comme une fleur de feu la tulipe a jailli,
Et seule, éblouissant le jardin recueilli,
Assied en plein soleil sa robe historiée.

Aux fonds d'or ou d'argent sa pourpre mariée
Teint d'un reflet ardent le sol enorgueilli,
Et, lorsque son calice est par hasard cueilli,
C'est pour rougir encor la salle armoriée.

Allez, riches beautés, allez, ô pauvres fleurs,
Avec l'outremer pur panachant vos couleurs,
Noblement vous flétrir sur des vases d'Asie :

Car jamais, d'un bouquet souvenir conservé,
Ne survit une feuille en vos débris choisie,
Et nul poëte, hélas ! près de vous n'a rêvé.

SONNET XLII.

Au détour du sentier, une jeune églantine
Me jeta son parfum. Ému, mais incertain,
Je passais : elle alors, naïve, me retint,
Penchant vers moi son front que la brise lutine.

Je contemplai longtemps sa corolle enfantine,
Le blond de ses cheveux, la pudeur de son teint ;
Et ma lèvre, effleurant le virginal satin,
Aspira lentement une perle argentine.

Une larme, un baiser, mignonne, c'est assez
Pour vos frêles appas. Oubliez, et laissez,
A ce soleil voilé, s'exhaler votre vie.

Des bergers du vallon les vœux, sinon les soins
Toujours vous resteront, petite fleur, à moins
Que de devenir rose il ne vous prenne envie.

SONNET XLIII.

Un soir, dans une serre où des plantes d'Afrique
Se pressaient, engrenant leur feuillage de dards
Et leurs nœuds serpentants, je vis, sous mes regards,
Soudain se déployer une fleur magnifique

Sur sa conque de lait le pollen balsamique
Ruisselait, rejeté vers les filets épars,
Et les anthères d'or cherchaient de toutes parts
Le pistil jaillissant sur une tige unique.

A l'entour s'exhalaient des parfums enivrants,
Des murmures d'amour, des souffles pénétrants,
Comme pour célébrer cet ardent hyménée ;

Mais lorsque, le matin, je voulus la revoir,
La magique corolle était déjà fanée,
Et laissait sur le sol ses blancs débris pleuvoir.

3

SONNET XLIV.

La Muse descendue aime à chauffer ses ailes
Au soleil de la plaine. Un jour donc que j'errais,
A midi, sur ses pas, au travers des guérets
(C'était dans la saison où tombent les javelles),

De Flore je voyais les dons riants et frêles
Broyés du moissonneur comme ceux de Cérès ;
Mais une fleur m'émut par ses charmes tout frais
Et déjà menacés des faucilles cruelles.

Un bandeau noir ceignait ses attraits purpurins.
Comme une jeune esclave aux innocents chagrins,
Sur sa tige debout, elle semblait m'attendre.

Je la voulais d'abord ravir au sort commun,
Et mon cœur lui parlait, sans qu'elle pût l'entendre ;
Puis je l'abandonnai, la trouvant sans parfum.

SONNET XLV.

Un jour que, triste et seul, j'allais, la tête basse,
Je sentis tout à coup un esprit embaumé
Me murmurer au cœur : Elle t'aurait aimé.
Regarde ; de tes jours c'est le bonheur qui passe.

Et je vis une enfant toute pleine de grâce,
Comme un marbre divin, qui, d'un Ange animé,
Viendrait, au bleu du ciel teignant son œil charmé,
Dans la vie et l'amour à la fois prendre place.

En deux torsades d'or roulent ses beaux cheveux...
Car je la vois toujours, et pour toujours je veux,
En mon sein consacrée, embaumer son image.

Peut-être que déjà cette pure beauté
Du monde et des saisons a subi le dommage,
Hélas ! et qu'elle aura pour moi seul existé.

SONNET XLVI.

— Sous le rivage,
Bleu souvenir,
Pourquoi bannir
Ta fleur sauvage ?

Quelque ravage
Peut survenir,
Et mal finir
Un tel veuvage.

— Je n'aime à voir
Qu'en ce miroir :
Parfois j'en souffre ;

Mais, gracieux,
Au fond du gouffre
Brillent les cieux.

SONNET XLVII.

Mainte fois mon regard vit l'ardente courrière
Vider son carquois d'or sur l'ombre qui s'enfuit,
Et, promenant sa torche aux tentes de la nuit,
Faire un chemin de pourpre au Roi de la lumière.

Mainte fois, dans les airs encombrés de poussière,
J'ai vu monter l'orage, et son char, à grand bruit
Plonger dans la nuée, et la foudre qui luit
Du céleste tumulte incendier l'ornière.

Dans un autre royaume aussi j'ai vu souvent
Des rayons précurseurs s'embraser le levant,
Et l'éclair se suspendre aux arceaux des nuages.

Le silence régnait, et le jour espéré
Étoilait un instant les ténèbres sauvages ;
Mais à mes yeux jamais le Dieu ne s'est montré.

SONNET XLVIII.

— Lecteur du vieil Homère, ô jeune homme sauvage,
Qui fuis les entretiens de nos savants rhéteurs,
Et les banquets fleuris, et les jeux des lutteurs,
Que fais-tu nuit et jour le long de ce rivage?

— J'attends... — Est-ce l'emploi des forces de ton âge?
Malheureux, laisse là ces récits imposteurs
Qui t'ont séduit. Veux-tu que les ans destructeurs
De ta jeunesse ainsi dévorent l'héritage?

— Qu'importe! J'aurai vu, dans sa fécondité,
Venir du sein des flots l'immortelle Astarté,
Que mes yeux jusqu'ici n'adorèrent qu'en rêve.

Nuit et jour, il est vrai, je l'ai cherchée en vain;
Mais, plein d'espoir, souvent j'ai trouvé sur la grève
Le moule de sa conque et de son pied divin.

SONNET XLIX.

Le jais le plus luisant à ses tempes foisonne;
Ses yeux des doux iris ont emprunté l'azur;
Et la fleur du jasmin est d'un vélin moins pur
Que les charmants tissus où sa forme rayonne.

Des roses dont Vesper, en été se couronne,
Près de sa lèvre en fleur, l'éclat semblerait dur,
Et l'onde de ses dents ferait paraître obscur
Le plus frais diamant que l'aurore façonne.

La grâce harmonieuse, innée à ce beau corps,
En fait, sous le regard, serpenter les trésors;
Sa voix d'argent se rive au cœur comme une chaîne.

Un éclair lui suffit pour que vos sens charmés
Retiennent son image et l'élisent pour reine...
Ne vous détournez point; car déjà vous l'aimez.

SONNET L.

Un jour le doux Persan aux maximes de miel,
Saadi, le poëte amoureusement sage,
D'une charmante main reçut, charmant message,
Un simple grain de terre où son cœur vit le ciel.

La plus suave odeur dont l'aile d'Ariel
Jamais ait ici-bas embaumé son passage
S'en exhalait toujours, souvenir et présage,
Des chastes voluptés emblème essentiel.

Es-tu, chanta l'amant, d'ambre, de cinnamome
Ou de benjoin pétrie? As-tu pris leur arome
Aux encensoirs d'Éden, aux lèvres des houris?

— Je n'étais hier encor qu'une vulgaire argile;
Mais la rose, avec moi partageant son asile,
M'ennoblit au contact de ses parfums sans prix.

SONNET LI.

Entre toutes les fleurs il en est une éclose
Des baisers fugitifs que la nuit donne au jour :
C'est encor celle-là que préfère l'amour
Aux bouquets merveilleux que la Muse compose.

Toujours le beau Phœbus la rencontra morose ;
Mais aux yeux de Diane elle rit à son tour.
Le papillon jamais ne voltige à l'entour ;
Mais le sphynx velouté dans sa coupe repose.

Et moi, j'ai respiré le balsamique encens,
Que, sans se délier des abris noircissants,
Pudique, elle distille au jardin solitaire.

Et, d'un geste charmant vers la fleur ramené,
Ses calices déclos à mon œil incliné
Ont épelé ce mot doux et grave : *Mystère*.

SONNET LII.

Un nuage a passé sur la bruyère rose :
Plus d'insectes volant en légers tourbillons.
Hormis l'aigre refrain des aveugles grillons,
Tout languit et se tait dans la plaine morose;

Mais aux cieux essuyés qu'un seul rayon éclose,
Des mouches aussitôt flottent les bataillons,
Et tournent dans les airs mille frais papillons :
Plus de silence obscur ni d'aile qui repose.

Ainsi l'âme poëte et le cœur amoureux,
· Qu'habitent les pensers et les désirs nombreux,
Font sans fin succéder la joie et la tristesse,

Riants ou désolés, suivant qu'ils ont pu voir,
Dans le ciel que leur font les yeux de leur déesse,
Renaître ou s'effacer le soleil de l'espoir.

SONNET LIII.

Lorsque, aux bois anuités, sonnent de Philomèle
Les hymnes printaniers du silence advenus,
Au souffle frais des soirs lorsque le rosier mêle
Son encens merveilleux, haleine de Vénus,

Nul ne dit à la fleur de l'aurore jumelle :
Retiens jusqu'à demain tes parfums ingénus;
Ne dit à son amant qu'il attende, comme elle,
Pour prodiguer ses dons, qu'ils ne soient méconnus.

Qu'avez-vous fait pourtant, lorsque à vos pieds, Madame,
Je vins, chants et parfums, verser toute mon âme?
Non, non, m'avez-vous dit, il n'est pas encor temps.

Soit; mais l'amour aussi passe et n'attend personne :
Comme le rossignol et la rose, il nous donne
Des instants à saisir aux heures du printemps.

SONNET LIV.

— Belle fille marine, à la poitrine rose,
De tes yeux verdoyants le regard m'a troublé.
Que fais-tu sur ces flots d'où je suis exilé ?
Dans son antre profond cependant que repose

Ton gardien hérissé, ce vieux Triton morose,
L'ombrage ici t'invite, et le sable ondulé
Te creuse un nid humide à tout regard voilé.
La baie est de glaïeuls et de roches enclose.

Comme avec soin l'Amour a poli tes appas !
Oh ! ces beaux bras pour moi ne s'ouvriront-ils pas ?
Viens ; mais non, tu me fuis. Oh ! ne fût-ce qu'une heure,

Il faut... — Jamais, enfant : ces bras t'étoufferaient,
Et la Muse qui t'aime et qui déjà te pleure,
Et mes remords peut-être un jour te vengeraient.

SONNET LV.

Oui, je garde un espoir que la raison dénie :
Si l'Amour est cruel, il est parfois bien doux.
S'il frappe sans pitié sa victime à genoux,
Il sait la relever, et, soudain rajeunie,

En triomphe royal lui changer l'agonie.
Du sang qu'il fit jaillir si longtemps, à grands coups,
Il lui dore une pourpre, et les Dieux sont jaloux
Du mortel que ravit cette extase infinie.

Et plus on a souffert, d'amertume abreuvé,
Plus l'ambroisie est proche ; et ce qu'on a rêvé
N'en saurait pressentir la saveur sans rivale.

Je ne me plaindrai plus. Jusqu'au dernier moment
J'attendrai. Si ma vie à ma flamme s'égale,
Je puis de mes douleurs vivre éternellement.

SONNET LVI.

Adieu, puisqu'il le faut ; adieu, froide beauté :
Je reprends mon amour, et vous laisse vos charmes ;
Contre le désespoir j'échange mes alarmes.
Adieu. Renfermez-vous dans votre dignité.

Moi je pleure. A jamais mon rêve est avorté.
J'ai, sur un marbre dur, faussé toutes mes armes.
Pas un de mes soupirs, pas une de mes larmes
N'a trouvé le chemin de ce cœur éventé.

Madame, vous pourriez, ainsi que l'amiante,
Rejaillir du brasier, blanche, fraîche, riante :
Les traits que vous lancez ne vous retournent point.

Moi je suis misérable. En vain je voudrais feindre ;
Je sens pousser la mort sous l'ennui qui me point.
Je souffre, et cependant c'est vous que l'on doit plaindre.

SONNET LVII.

Vous que j'ai tant aimée, hélas ! que j'aime encore,
Blanche incarnation de toutes mes amours,
Et, malgré vos rigueurs, la reine de mes jours,
C'est votre pitié seule à présent que j'implore.

Souffrez que le poëte à genoux vous adore,
Une dernière fois, de cet hymne toujours
Modulé dans son cœur, alors qu'aux purs contours
De vos beautés, ses yeux épris allaient se clore :

Oh ! ma vie est à toi : le souffle de ton sein
Fait vaciller mon âme, et, comme un jeune essaim
Que la brise gouverne, onduler mes pensées...

Malheureux, quel réveil à mon cerveau perclus
A tout d'un coup rendu ses douleurs dépensées !
Elle est morte pour moi ! Je ne la verrai plus !

SONNET LVIII.

Laissez, Muse, à jamais laissez périr ce nom
Odieux et charmant que toujours ma pensée
Unit à vos concerts. Ah! mémoire insensée,
Implacable flambeau, s'il faut qu'à ton rayon

Se ranime sans fin ma folle passion,
Eh bien, j'évoquerai ton idole éclipsée :
Honteux de ces tourments dont ma vie est froissée,
En les raillant, peut-être en aurai-je raison.

Noir démon de colère et d'amoureuse haine,
Redoutable vengeur, que ta mordante haleine
Inscrive donc ce titre aux flèches de mes vers.

Et qui sait? d'une ingrate éveillant les alarmes,
Tes poisons, pour toucher plus puissants que les larmes,
Termineront enfin ma peine et mes revers. ◂

SONNET LIX.

Vous me haïssiez donc? Quoi, j'ai demandé grâce ;
Je me suis à vos pieds traîné comme un enfant ;
J'ai gémi comme on fait sous un rêve étouffant ;
J'ai de pleurs enflammés baigné vos mains de glace :

Et rien de votre cœur n'a révélé la trace !
Ah! certes, un airain bien ferme le défend ;
Sa victoire est complète, et, calme et triomphant,
De la plus triste plainte il brave la menace :

Car c'était tout mon sang, vous ne l'ignorez pas,
Qui pleurait sous ce long et pénible trépas.
Vous-même, vous m'avez retourné dans la flamme

(C'était un jeu pour vous), et puis, me repoussant,
Vous avez emporté les débris de mon âme,
Ainsi qu'un souvenir qu'on recueille en passant.

3.

SONNET LX.

Vous ne le croyez pas, ô belle dédaigneuse ;
Mais peut-être qu'un jour mes chants mieux écoutés
Passeront devant vous, d'autres chants escortés :
Alors, en répétant ma plainte harmonieuse,

On voudra, dans mes vers, deviner l'orgueilleuse
Qui s'arma contre moi de telle cruautés.
Ses traits y brilleront d'immortelles clartés ;
Mais son nom s'éteindra chez la foule oublieuse.

Et voilà ma vengeance !... Hélas ! je parle encor
Supposant tout le monde épris de mon trésor ;
Non, toute âme n'est pas pour en être charmée.

Sans doute à vos regards la gloire ne paraît,
Comme on le dit si bien, qu'une vaine fumée,
Et vous ne sauriez point en sentir le regret.

SONNET LXI.

C'était quand le printemps sourit au jeune pâtre :
Une brume d'argent poudroyait au soleil,
Qui, partout débordant le feuillage vermeil,
Trouait de jours dorés l'ombre au réseau bleuâtre.

Je vis, sous la charmille, un beau vase d'albâtre
Dont le galbe idéal et l'œuvre sans pareil,
De mes sens paresseux écartant le sommeil,
Arrêtèrent longtemps mon regard idolâtre.

Oh ! disais-je, quel sylphe ou quelle fleur de cieux
Peut jeter ses parfums dans tes flancs précieux,
Blanche coupe où l'amour divinement réside ?...

Mais lorsque sur le bord j'allai pencher mon front,
Je n'y trouvai qu'un peu d'eau cuivreuse et fétide,
Dont quelques vers impurs faisaient grouiller le fond.

RHYTHME VI.

Royale fleur, c'est le grand Lis :
On l'exile à présent; on l'adorait jadis,
Et le ciel gracieux peut le rendre à nos fils.
Bourgeois, vous chanteriez sa splendeur sans seconde...
J'entends le vent du nord qui s'avance et qui gronde.

La Rose, c'est fleur de beauté :
Aux doux rayons de mai, son sein a palpité.
Juin vient et la fane; il n'en est rien resté
Qu'un céleste parfum ou quelque bribe immonde...
J'entends le vent du nord qui s'avance et qui gronde.

La Pâquerette est aux amours :
Elle court par les prés dès les premiers beaux jours.
Le cœur adolescent la consulte toujours.
On pleure à la première, on rit à la seconde...
J'entends le vent du nord qui s'avance et qui gronde.

Une fleur riche est le Pavot :
Elle est ample, éclatante et porte le front haut.
Du côté du parfum, elle reste en défaut;
Mais de douces langueurs sa séve nous inonde...
J'entends le vent du nord qui s'avance et qui gronde.

Fleur d'espérance est le Lilas :
De ses riants bouquets savourez les appas.
A peine y touche-t-on qu'ils ne sont plus, hélas !
Mais le jardin est riche et la saison féconde...
J'entends le vent du nord qui s'avance et qui gronde.

Chaste fleur que le Nénuphar :
Dans l'ombre, au fond des eaux, elle croît à l'écart,
Et l'hymen seulement la produit au regard.
Fuyant la main profane, elle glisse sur l'onde...
J'entends le vent du nord qui s'avance et qui gronde.

L'Immortelle est la fleur de mort :
Elle y couronne ceux qu'on méprisait d'abord.

La vie est l'Océan, et la tombe est un port.
On tremble d'aborder à cette paix profonde...
J'entends le vent du nord qui s'avance et qui gronde.

SONNET LXII.

Si vous êtes de Flore un amant ingénu,
Vous avez contemplé cette fleur souriante,
Dans son deuil velouté souvent plus attrayante
Que les plus frais bouquets du printemps méconnu :

Admirez-la de loin, vous seriez mal venu
De vous laisser séduire à sa grâce ondoyante,
Et pour en mieux goûter la saveur chatouillante,
De risquer votre lèvre à son calice nu :

Car cette peau charmante au toucher devient rèche,
Et ces parfums de miel, cette haleine si fraîche,
Respirés de trop près, offusquent le cerveau.

Il est des fleurs qu'il faut seulement qu'on regarde ;
D'autres, à qui d'abord personne ne prend garde,
Versent à tous les sens un délice nouveau.

SONNET LXIII.

Je vivrais bien mille ans que son image
Dans ma pensée habiterait toujours,
Sans que jamais de nouvelles amours
A ses autels ravissent mon hommage.

Ce n'est pourtant, ô beauté, quel dommage !
Rien qu'une idole aux magiques atours :
Tout son esprit vit dans ses blancs contours,
Et son parler n'est qu'un charmant ramage.

De ses méfaits qui pourrait la blâmer ?
Elle doit plaire ; on ne doit point l'aimer.
Elle eut raison de redouter ma flamme.

Qu'elle aille en paix ! Tout d'ailleurs est au mieux :
Plus le poëte a d'angoisses dans l'âme,
Et plus ses chants coulent harmonieux.

SONNET LXIV.

Tout un an j'ai vécu de la même pensée :
Dans l'univers entier je n'apercevais plus
Que les trop courts instants à mes feux dévolus,
Dont toujours m'éloignait une attente insensée.

Enfin l'heure sonnait, et mon âme élancée,
Rapide, traversait le bonheur des élus,
Pour s'abîmer soudain en quelque noir reflux,
Sans achever jamais l'extase commencée.

Maintenant, c'est fini, du moins comme on l'entend ;
Invulnérable au reste, on me verra pourtant
De cet unique amour chérir la cicatrice :

Car j'avais rencontré la reine de beauté,
La sirène aux yeux pers, l'Ève dominatrice
Que je devais aimer de toute éternité.

FIN DU LIVRE PREMIER.

LIVRE DEUXIÈME.

⟨❦⟩

SONNET LXV.

Je vous resterai donc, ô noble Oisiveté,
Indépendance, et toi, Solitude sévère,
Pénates bienfaisants qui de ma vie austère
Gardez le seuil battu par la nécessité.

A votre autel en vain du siècle déserté,
Je viendrai chaque jour rapporter ma prière,
Pour que vous me laissiez votre ombre tutélaire,
Protégeant de mon cœur l'inflexible fierté.

Oh ! loin de moi chassez et la tâche servile,
Et la fangeuse envie, et l'ambition vile,
Et l'amitié banale, et les vaines amours.

Les croyances du ciel et les hautes pensées
Que votre noir sourcil jamais n'a repoussées
Pour d'immortels esprits sont d'un meilleur secours.

SONNET LXVI.

Dès la première épreuve où le sort nous convie,
C'est aux jeunes cerveaux une commune erreur
De se croire aussitôt saturés de la vie,
Et qu'il n'est plus pour eux de calice trompeur.

Funeste confiance et promptement suivie
D'humiliants retours ! Parfois quelque douceur
Se mêle à ces leçons; mais que nul ne l'envie :
D'amertumes sans fin ce miel est précurseur.

On dit pourtant qu'un jour cet âge misérable
Distille au souvenir un parfum délectable,
Qu'en un vase d'or pur on voudrait recueillir ;

Mais cet hommage, hélas ! qu'on rend à la jeunesse
De nos chutes doit-il nous consoler, ou n'est-ce
Qu'une preuve de plus qu'il ne faut pas vieillir ?

SONNET LXVII.

Le printemps radieux, tout fier de son pouvoir,
Élève dans les airs sa corbeille remplie ;
Le ciel, dans les nuits d'or de la mélancolie,
Diamante des eaux l'immobile miroir.

L'astre qu'on attendait s'élance, et l'on peut voir...
Non, ce n'est qu'un éclair : soudain tout se replie,
Et la plaine, et l'éther, et l'onde ensevelie
N'offrent au voyageur qu'un gouffre immense et noir.

Idéal, c'est en vain qu'une espérance altière,
Pour te saisir au vol, abjure le repos :
L'homme doit ici-bas embrasser sa chimère.

C'est notre perte, hélas ! et le pire des maux :
Si la femme est devant, le dragon est derrière,
Qui ferme son écaille et nous brise les os.

RONDEAU V.

Le guay printemps a refaict sa couronne.
L'herbe se haulse, et l'aubespin fleuronne ;
Et sur l'orée, ez ruisseaux gratieux,
Le moron rouge ouvre ses petits yeux.
Des oyselets le peuple s'abandonne.

Linot, bouvreuil mignotement jargonne,
Et quant et quant sa compaigne arraysonne :
Sy se desmeine au vis-à-vis des cieux
            Le guay printemps.

Ainçois n'a-t-il force et pointe si bonne
Ez noirs enclos que Destresse rançonne :
Je dy les cueurs sans mercy soussieux,
Et qui flatris sont et demourent tieux,
Colouriant ou d'hyver ou d'autumne
            Le guay printemps.

RHYTHME VII.

CHANSON ALGÉRIENNE.

J'ai vu venir une gazelle
            Je ne sais d'où.
O vous qui m'entendez, c'est elle
            Qui me rend fou.

Son pas résonna sur la route
            Où je la voi ;
Et les Arabes qu'on redoute
            Vinrent à moi.

« Si ce trésor était à vendre,
            Voleurs bénis,
J'en donnerais, sans plus attendre
            Cent soultanis.

Oui, j'en donnerais cette somme :
            Ce serait peu.

A ce prix, elle viendrait comme
  Un don de Dieu.

Quand je vois sa beauté touchante,
  Ses yeux si doux,
Pour répondre à mon cœur, je chante
  Ce chant jaloux :

Qui m'entend sait qu'elle est plus belle
  Que nul bijou ;
Et nulle·femme ne vaut celle
  Qui me rend fou.

Les plus fières ont vu leurs charmes
  Tout obscurcis.
En vain elles ont, avec larmes,
  Teint leurs sourcils.

Elle est parfaite d'élégance,
  D'attrait vainqueur...
Un feu plus puissant que l'absence
  Brûle mon cœur.

Ses sourcils m'ont lancé des flèches
  Dont le poison
A fait d'irréparables brèches
  A ma raison.

Son front, ses sourcils, ses paupières,
  Ses longs cheveux,
Comme le fil des cimeterres,
  Blessent les yeux.

Si, comme j'ai fait, tu t'arrêtes
  A l'admirer,
Ta raison qu'en vain tu regrettes
  Vient d'expirer.

Vois quelle torture cruelle
  Je dois souffrir.

Oui, l'absence de ma gazelle
    Me fait mourir.

Une fois je l'ai rencontrée
    Sur mon chemin :
Mon âme alors fut pénétrée
    D'un feu soudain.

Si mes regards peuvent la suivre,
    Comment guérir?
Ma raison, si mon cœur s'enivre,
    Devra périr.

Oui, si d'espoir mon cœur s'enivre,
    Malheur à moi !
Les accès auxquels je me livre
    N'ont plus de loi.

Ma tête recèle les cordes
    D'un instrument,
O mon esprit, que tu m'accordes
    Qu'intimement.

Le violon et la guitare,
    Avec le vin,
Sont les délices dont je pare
    A mon chagrin.

O Ben-Roncem, à ton épaule
    Je me suspends :
Porte à cette branche de saule
    Mes vœux ardents.

Car Tlemsen enferme ma vie
    Sous ses remparts;
Un vent funeste l'a ravie
    A mes regards.

Le désir que j'ai de lui plaire
    Me tient si bien,

Que du Prophète la colère
    Ne m'est plus rien.

O vous qu'invoque notre attente,
    Chefs des tribus,
Vous qui demeurez sous la tente,
    Guerriers élus !

Le cheik Ben-Aoualy, le sage,
    M'a dit ceci :
« A Dieu reporte ton hommage
    Et ton souci. »

Si les vœux dont je la tourmente
    Sont repoussés,
Je dirai donc à mon amante
    Que c'est assez.

O vous dont l'esprit tutélaire
    Veille au Djemla,
Pour qu'il me pardonne et m'éclaire,
    Priez Allah !

SONNET LXVIII.

Par les sentiers tortus, sous les arches silvaines,
J'aimais à m'écarter dans l'Avril de mes jours,
Soit que du vert printemps brillassent les atomes,
Soit que déjà l'automne eût engourdi les plaines.

Le sang jeune et vermeil qui riait dans mes veines,
De l'année inconstante égalisant le cours,
Décorait ma pensée et fleurissait toujours
D'espoirs mystérieux mes courses toujours vaines.

Mieux instruit maintenant, je regrette mes pas :
Je sais quel est le monde et qu'on n'y trouve pas
De chemin pour aller dans le pays des rêves ;

Et je préfère aussi, craignant mes souvenirs,
Les pavés turbulents et les inertes grèves
Aux frais abris, tombeaux de tous mes chers désirs.

RHYTHME VIII.

LÉGENDE COSAQUE.

Je ris du voyageur qui, sans manteau, se fie
    Au soleil du printemps ;
Je ris du nautonier qui dort, lorsque dévie
    Sa nacelle aux autans ;

Je ris du courtisan qui cherche un sort fidèle
    Dans la faveur des rois :
Mais le garçon qui croit aux serments d'une belle
    Est plus fou que tous trois.

Écoutez : Jérémie avait le fier courage
    Du lion des déserts ;
Il était noble et beau comme un cheval sauvage,
    Libre comme les airs.

Pour danser aux flambeaux, pour chasser dans la plaine,
    On le citait toujours :
Sur sa lèvre pourtant le poil croissait à peine
    En flocons de velours.

Entre mille beautés qui briguaient sa tendresse,
    Il choisit Manyna,
La plus naïve enfant que l'amoureuse ivresse
    Jamais aiguillonna.

Moins blanche et moins charmante est une rose blanche,
    Une fleur d'églantier ;
Moins leste est l'écureuil qui bondit sur la branche,
    Moins flexible l'osier.

Ils s'aimèrent vraiment comme deux tourterelles,
    Et brillèrent aux yeux,
Ainsi que, dans l'azur, deux étoiles jumelles
    Qui confondent leurs feux.

On eût voulu percer la lune d'une balle,
    Avant d'imaginer
Qu'une amante si tendre à sa foi virginale
    Ne sût point se borner.

Elle fit comme une autre. Ils n'avaient point encore
    Séparément marché,
Et leur amour semblait tout entier les enclore,
    Bien loin d'être étanché,

Hélas! quand des combats la trompette venue
    Évoquant le guerrier,
Il partit, il quitta son épouse ingénue
    Et son blanc lévrier.

Dans les pleurs de ses yeux la dame était noyée,
    Et perdue en son deuil.
Le chien, morne ou hurlant à gorge déployée,
    Attendait sur le seuil.

La campagne finit, et le bon Jérémie,
    Chez lui s'en retourna,
Joyeux, quand son château, de la colline amie,
    A ses yeux rayonna.

Hourrah! Il fit gaîment retentir sa fanfare :
    L'écho la reconnut;
Mais seul il répondit au guerrier qui s'effare ;
    Personne n'accourut.

Il lança son cheval et vola. Dans son âme
    Il les croyait tous morts.
Vide était le château : personne, homme ni femme,
    Ni dedans ni dehors.

Mais le sable montrait les empreintes récentes
    Des fers de deux chevaux ;
Et des ongles d'un chien les traces bondissantes
    Erraient sous les bouleaux.

Voilà le pauvre amant galopant de plus belle,
  Et broyant le sentier :
Il aperçut bientôt son idole, et, près d'elle,
  Un jeune cavalier.

Et Jérémie allait, en brandissant sa lame,
  Joindre le séducteur ;
Mais, las ! il ne fut point accueilli par la dame
  Comme un libérateur.

Je l'aime, cria-t-elle, en venant, comme folle,
  Entre deux se jeter.
Le guerrier qu'ébahit et l'acte et la parole
  Ne put que s'arrêter.

Va, dit-il au jeune homme, emmène ta maîtresse.
  Bientôt viendra ton tour.
Garde-toi, si tu veux conserver sa tendresse,
  De la quitter un jour.

Le noble lévrier, qui retrouvait son maître,
  Ne se possédait pas,
Et, bien que celui-ci semblât le méconnaître,
  S'attachait à ses pas.

Vainement Manyna, de sa voix si charmante,
  Voulut le retenir ;
Il lui montra les dents, et la perfide amante
  Se hâta d'en finir.

Car le chien vit et meurt fidèle ; mais la femme,
  C'est une autre chanson :
Son cœur n'est que mensonge, et sa vie une trame
  De noire trahison.

Ce que devint dès lors la coupable, qu'importe ?
  Oui, qu'importe combien
Ce spectre survécut ? Quand sa pudeur est morte,
  La femme n'est plus rien.

Cependant, au manoir si regretté naguère
　　　Ne voulant plus rentrer,
Jérémie est parti chercher quelque autre guerre,
　　　Où se faire enterrer.

Comme un loup furieux, de mêlée en mêlée
　　　Prompt à se remuer,
Sur le tranchant du sabre et la lance affilée
　　　On le vit se ruer.

Mais, pour perdre à la fois la vie et la mémoire,
　　　Lorsqu'il s'offrait ainsi,
En place du trépas il rencontra la gloire
　　　Dont il n'avait souci.

Il lui fallut vieillir et porter la puissance,
　　　Briller, toujours vainqueur,
Sans jamais qu'un rayon de sa magnificence
　　　Retombât sur son cœur.

Ce n'était pas l'exil, lorsque soufflait la brise
　　　De son pays natal,
Qui du vieil attaman courbait la tête grise,
　　　Et redoublait son mal.

Non, ce qui le faisait rugir sous son nuage,
　　　C'était le souvenir
De sa cruelle erreur, et surtout une image
　　　Qu'il ne pouvait bannir.

Toujours il revoyait sa jeune fiancée,
　　　Dont, plus que le forfait,
La magique beauté désolait sa pensée...
　　　Chose étrange en effet

Qu'on vive ainsi captif, et qu'une âme bien née,
　　　S'éprenant sans retour,
Jusqu'au dernier moment demeure empoisonnée
　　　Par un indigne amour !

Mais jamais ce grand cœur, dans sa mâle indulgence,
    Un instant n'eût faibli :
Comme il avait d'abord dédaigné la vengeance,
    Il dédaigna l'oubli.

Il mourut, sans avoir renié sa jeunesse,
    Sans une lâcheté,
Fidèle à son amour, fidèle à sa tristesse,
    Ainsi qu'à sa fierté.

SONNET LXIX.

TRADUIT DE SANNAZAR.

A ta course première, à ta lutte sacrée,
Aux palmes du splendide et véritable honneur,
Retourne désormais, ô pauvre âme égarée :
Pour souffrir les mépris, il faut manquer de cœur.

D'un autre amour plus beau, d'autres feux éclairée,
Tu sauras bien, avec ton fragile labeur,
Haussant ton espérance en plus noble contrée,
Ici, contre la mort, prouver quelque vigueur.

Obtienne une plus douce et sonore louange
Celle qui, jour et nuit, à mon trépas se range,
Puisque mes chants pour elle ont peu d'autorité;

Ou, si de ses attraits elle n'aime la gloire,
Qu'elle enferme à son gré, dans une tombe noire,
Son nom, son souvenir et toute sa beauté !

SONNET LXX.

IMITÉ DE SANNAZAR.

Depuis quatre cents ans le soleil, dans son cours,
Voit, de beaux rameaux d'or et d'une verte cime,
Sur la rive de Sorgue, un laurier qui s'anime,
Ombrage toujours frais et plus qu'aux premiers jours;

Tel que, si maintenant celui dont les amours
Y sont clos, revenait de son séjour sublime,
Il pourrait rendre grâce au travail magnanime
Qui de fleurs et de fruits a produit ces atours.

O culture propice, heures bien dépensées,
Encre, plume bénie et docile aux pensées,
Comment avez-vous pu les suspendre si haut?

Mais, m'a dit une voix, sois toi-même sans craintes :
Car, à moins de trouver ton étoile en défaut,
Tu n'auras pas perdu non plus toutes tes plaintes.

SONNET LXXI.

TRADUIT DE SANNAZAR.

Écrive en ton honneur qui prétend recueillir
Violettes et lis en semant des orties,
Voir du ciel à jamais les étoiles parties,
Et l'aurore et le jour à l'occident jaillir.

Écrive qui ne veut au monde s'ennoblir,
Qui des Muses n'a su gagner les sympathies,
Et dont vont au néant les peines ressenties,
Le style et le génie et le temps s'abolir.

Qu'il n'ait point de laurier une baie en partage,
Et du mont glorieux qu'ignorant le sentier,
A ses tempes jamais il n'ait ceint de feuillage.

Quand sa main s'est vouée à te glorifier,
Que sur l'onde et les vents il trace son ouvrage,
Et, sans laisser de nom, qu'il meure tout entier.

4

SONNET LXXII.

TRADUIT DE SANNAZAR.

Las, quand je réfléchis comme le temps s'abrège.
En cette vie humaine où la force défaut,
Et de quels coups la mort incessamment assiége
Ceux qui devraient le moins en redouter l'assaut,

Alors je deviens tel qu'au soleil est la neige,
Et pour me consoler l'espérance ne vaut :
Car l'essor où je tends désormais ne s'allége,
Faute d'avoir ouvert les ailes assez tôt.

Ainsi, quoique souvent je pleure et me proclame
Persécuté du sort, d'amour et de Madame,
En cela j'ai raison contre moi seulement.

Comme un homme en délire et dont la voix résonne,
Je rêve, sans penser que la mort m'environne,
Et que je dois laisser le frêle vêtement.

SONNET LXXIII.

Ainsi je transportais à mes propres ennuis
Ces plaintes d'une autre âme et d'un autre langage,
Et ranimais ainsi, d'un vivant témoignage,
Ces accents étrangers dans le siècle où je suis.

S'ils ne sont estimés d'un monde que je fuis,
Qu'importe! Ils pourront vivre au delà de notre âge.
Mieux que ma voix, mon cœur en garda l'héritage :
J'ai su mieux les sentir que je ne les traduis.

Mais, ô vaillants efforts de l'amour qui s'épure,
Combats mystérieux où l'esprit se rassure,
Toujours resplendiront vos hymnes rehaussés;

Et seront pour jamais rentrés dans la poussière
Tous ces chants imposteurs, s'ils ne sont insensés,
Où l'on vient de nos jours honorer la matière.

RHYTHME IX.

SEXTINE.

Non loin encor de l'heure où rougit la nuit sombre,
En la saison des nids et des secondes fleurs,
J'entrai dans un bosquet, non pour y chercher l'ombre.
Mais parce qu'on voyait, sous les feuilles sans nombre,
Palpiter des rayons et d'étranges couleurs,
Et l'aurore au soleil y disputer ses pleurs.

Mon sang, dans le trajet, teignit de quelques pleurs
Les aiguillons du houx et la barrière sombre
Que l'épine et la ronce aux vineuses couleurs
Avaient lacée autour de l'asile des fleurs.
Dans la clairière enfin quel m'apparut leur nombre,
Alors que du fourré j'atteignis la pénombre !

Harmonieux réseau de lumières et d'ombre !
Là tous les diamants de la rosée en pleurs,
Les perles à foison, les opales sans nombre,
Dans la neige et dans l'or ou le rubis plus sombre,
Frémissaient, et, filtrant de la coupe des fleurs,
Allaient du doux feuillage argenter les couleurs.

C'est alors qu'une Fée aux charmantes couleurs,
Sortant comme du tronc d'un grand chêne sans ombre,
Qui défendait du nord le royaume des fleurs,
Apparut à mes yeux encore vierges de pleurs.
Elle me dit : Ainsi tu fuis la route sombre,
Et de mes ouvriers tu veux grossir le nombre.

Contemple mes trésors, et choisis dans le nombre.
Avec art, à loisir, assemble leurs couleurs.
Compose ta guirlande, et, si le vent plus sombre
En bannit le soleil et les sèche dans l'ombre,
Répands-y de ton âme et la flamme et les pleurs :
Des rayons immortels jailliront de ces fleurs.

Je vous cueillis alors, chères et chastes fleurs,
Et je n'ai plus tenté d'accroître votre nombre.
Celle-là n'a voulu que mon sang et mes pleurs,
A qui je destinais vos royales couleurs;
Et je suis revenu, pour vous sauver de l'ombre,
Vers la Fée elle-même, avec le cœur bien sombre.

Plus sombre en est le deuil qui s'entoure de fleurs.
L'ombre, pour nous calmer, a des oublis sans nombre;
Mais aux couleurs du jour se ravivent les pleurs.

SONNET LXXIV.

Voici la saison que les pêches vermeilles
Font à nos regards rire les espaliers.
Voici que des bois les guêpes, par milliers,
Volent aux jardins piller les blondes treilles.

Gentils papillons et vous, chastes abeilles,
Adieu. Plus de miel : les berceaux, les halliers
Troquent leurs bouquets pour de rouges colliers.
Déjà dans la nuit, automne, tu t'éveilles.

Les fleurs sans parfum et sans poussière d'or,
Asters, dahlias qu'on multiplie encor,
De leurs froids émaux marquètent le parterre.

Ah! que l'hiver vienne, et qu'on puisse du moins
Savourer en paix sa poésie austère.
Meurent des plaisirs qui veulent tant de soins!

RHYTHME X.

— Voyageur, d'où viens-tu? Quels soleils homicides
Dans ses canaux flétris ont dévoré ton sang?
As-tu vu le désert et les sables torrides?

A l'aide du chameau, ce voyageur puissant,
As-tu dans Tomboucton, la grande fourmilière,
Visité du maudit le peuple noircissant?

Pour sonder de Bramah la mystique poussière,
As-tu passé l'Indus et le Gange invoqué,
Et des tigres mogols affronté la tanière?

Ou bien, dans les forêts, cercueil de Palenqué,
Des guerriers à peau rouge as-tu suivi la chasse,
Quand mugit des bisons le troupeau débusqué?

De Tyr et de Memphis as-tu cherché la place,
Et, dans Jérusalem, pèlerin raffermi,
Des pieds du Rédempteur as-tu baisé la trace?

— Je n'ai point voyagé, poëte; j'ai dormi:
Dans la même caverne où vint Epiménides,
Si rêver c'est dormir, en dormant j'ai blémi.

Presque au sortir des bancs, quand les désirs timides
Sur mes lèvres encor bégayaient en chantant,
Mes pieds ont trébuché dans ses ombres perfides.

Mon sommeil ne fut point un repos, et pourtant,
Quand j'ai rouvert les yeux au bout de vingt années,
Hélas! que n'ai-je pu les fermer à l'instant!

Les fermer pour jamais! O splendeurs fortunées,
Sourires du printemps, fleurs aux baisers divins,
Et de l'onde et des airs enivrants hyménées!

Frémissante nature, ô nymphes, ô sylvains,
Mystérieux sentiers, ombrages des vallées,
Empreintes des pieds nus au sable des ravins;

4.

Et sans les frais buissons ô blancheurs dévoilées,
Tressaillements de l'ombre, ô bonheurs ingénus,
Guirlandes du désir, illusions ailées !

Beauté, jeunesse, amour ! qu'êtes-vous devenus?
Sur l'onde au vert miroir j'ai penché mon visage :
Mes yeux n'ont rencontré que des traits inconnus,

Des rides, un front morne, une barbe sauvage.
Je me suis retourné pour voir si mon aïeul
N'avait point de son spectre effrayé mon courage;

Ces traits c'étaient les miens. Hélas ! j'étais bien seul :
Oui, seul, et pour toujours. Sur la rive dormante,
Une robe agitée a froissé le glaïeul ;

Une femme a passé, non plus belle et charmante,
Ramenant à longs plis autour de sa beauté
Ce voile de mystère où la beauté s'augmente ;

Non, elle n'avait rien d'une divinité.
Ses pieds, en se posant, meurtrissaient la pelouse,
Et l'ennui terne et lourd marchait à son côté.

Le papillon est mort dans sa larve jalouse.
Plus de chants, de parfums, de roses ni d'azur !
Éros a pour jamais renié son épouse ;

Et Zéphyr, de son vol au souffle jeune et pur,
Ne la guidera plus au jardin de délices
Que remplace à présent le roc stérile et dur.

Oh! que tout est changé, poëte, et quels supplices
Mes sens à chaque instant réservent à mon cœur !
Les fleurs même n'ont plus que d'inertes calices :

L'abeille vainement y cherche sa liqueur.
Tout m'irrite à la fois. Pourquoi, lorsque je passe,
Pourquoi, chez les enfants, ce silence moqueur?

Eux dont le frais sourire autrefois plein de grâce
Dans les yeux des passants aimait à réveiller
Le sourire vermeil où l'âme se délasse.

D'autres, en me voyant, ont fui vers le hallier,
Comme si d'un pédant j'eusse été le fantôme.
Que faire maintenant? A qui me conseiller?

Que peut-on demander à ce triste royaume,
Où l'homme embarrassé d'un éternel brouillard
Semble dans le sol même enfoui comme un gnome.

O poëte, instruis-nous, si ta voix par hasard
De l'outrage commun ne s'est point ressentie,
Et que le ciel encor vive pour ton regard.

Réponds : sur cette terre au vide assujettie,
A quoi sommes-nous bons, et que nous reste-t-il
Qui puisse remplacer notre âme anéantie?

— Oui, je te répondrai; sans être bien subtil,
Et sans avoir besoin d'interroger les astres,
Mon œil de tes erreurs peut débrouiller le fil.

Le monde est innocent de tes propres désastres,
O vieillard. Ni les flots ni la foudre des airs
N'en ont point fait encor chanceler les pilastres.

Le ciel n'est pas moins bleu, ni les arbres moins verts,
Moins vive la beauté, ni l'enfance moins blonde,
Que lorsqu'à leur aspect tes yeux se sont ouverts.

Les nénuphars toujours sortent du sein de l'onde,
Et la mère Cybèle, aux baisers du soleil,
Toujours fait ruisseler sa mamelle féconde.

Le couchant est paré de son manteau vermeil,
Et la rosée encor, perlant sous la nuit brune,
Du jour dans la prairie argente le réveil.

Vois-tu sous la charmille errer, au clair de lune,
Ces couples ingénus, curieux d'écouter
Le rossignol chanteur que la foule importune?

Il est des mots charmants qu'aiment à répéter
Les jeunes gens émus, et des voix éplorées
Dont les cœurs langoureux se laissent enchanter.

Aux détours des bosquets les belles désœuvrées
Font crier le gravier sous leurs souliers légers,
Et livrent leurs parfums aux brises des soirées.

Les fleurs pleuvent encor du front des orangers;
L'étamine dorée y respire et convie
Aux rapides festins les essaims passagers.

Sur les rameaux pliants des fruits dignes d'envie,
Des pêchès au sang pur et des raisins fleuris
Promettent leurs fraîcheurs à la lèvre ravie.

Dans les bois de bouleau plus d'un regard épris
Voit des nymphes au vent flotter la robe blanche,
Lorsque fuit en riant leur cortége surpris.

En vain l'hiver qui vient flétrit l'herbe et la branche;
Le printemps éternel fait revivre à son tour
Ses trésors que jamais l'aquilon ne retranche.

Voilà l'hymne charmant de bonheur et d'amour
Qui dément ton aveugle et sinistre complainte,
Mais que chacun ne chante et n'entend qu'un seul jour.

Apprends, quand une fois la jeunesse est éteinte,
Que l'homme n'est plus bon qu'à se taire et dormir,
Et qu'alors ses douleurs passent pour une feinte.

L'amour seul parmi nous a le droit de gémir;
On peut baigner de pleurs les pieds d'une infidèle,
La suivre, l'implorer, frissonner et blémir;

Mais toi qui ne sais plus t'inventer une belle,
Inutile vieillard, oses-tu bien parler?
Faut-il que hautement ta honte se révèle?

Respecte la jeunesse, et, loin de la troubler,
En dénigrant les biens dont sa force s'entoure,
Dans la nuit de tes sens il vaut mieux t'exiler;

Sans prétendre, insensé, qu'à ton aide on accoure,
Ni que les beaux vivants, les hommes vigoureux,
Aux lumineux cerveaux, aux cœurs pleins de bravoure.

Les gais adolescents de leur moustache heureux,
Les volages enfants, les blanches demoiselles,
Les femmes aux replis mollement amoureux,

Tous ceux pour qui le temps semble fleurir ses ailes,
Se disent, pour savoir compatir à tes maux,
Qu'un jour ils subiront ces atteintes cruelles.

Vois-tu, c'est par erreur, dans ses nombreux travaux,
Que Dieu laisse ici-bas la créature humaine
Se survivre et traîner ce pénible repos.

L'énigme est misérable et ne vaut pas la peine
Qu'on en cherche le nœud et qu'on aille plus loin :
Ce serait follement s'exposer à la haine.

Ne peux-tu donc en paix souffrir dans quelque coin ?
C'est ta seule ressource, et le conseil unique
Dont ton cœur oublieux ait maintenant besoin.

Tu le savais jadis, lorsque, moins pathétique,
Beau rêveur, tu jetais ton âme à tous les vents.
« O bienheureux sommeil ! O conquête magique !

« Venez, joyeux amis, et vous, folles enfants :
« La vie, on a beau dire, est une douce chose ;
« Respirons du banquet les parfums émouvants.

« Broyons à pleines mains la verveine et la rose.
« Allons, je suis Daphnis, Ménalque, et vous, mon cœur,
« Damalis... Mais que veut ce visage morose ?

« — Jeune homme, votre père est par là qui se meurt.
« — O douleur ! je vous suis. Adieu, jeune maîtresse.
« Ah ! tu vas m'oublier. — Jamais, ô mon Seigneur !

« — Eh bien, répète-moi... — Jeune homme, le temps presse !
« — J'y cours. Encore adieu. — Jeune homme, il n'est plus temps.
« — Il m'a maudit peut-être. — Oh non ! — Plus de tristesse.

« Nous devons tous mourir. Pour moi, quand les autans
« Viendront de mon été disperser la couronne,
« Loin d'aller de mon spectre attrister le printemps,

« Je veux que mon trépas ne dérange personne.
« Qu'on dise : Il a vécu. C'est plus qu'il ne m'en faut.·
« Livrons-nous maintenant au bonheur qu'on nous donne

O vieillard, ta mémoire est restée en défaut.
Tels furent tes discours : je te les restitue.
Puissent-ils te garder dans un nouvel assaut,

Consoler, raffermir ta sagesse abattue,
Et te prouver que l'homme, en dépit de l'ennui,
En dépit du désir impuissant qui te tue,

Ne doit voir à jamais que son jour d'aujourd'hui.

SONNET LXXV.

L'égoïsme glouton et la paresse infâme
Ont chassé d'ici-bas toute haute vertu.
Dans le bourbier des sens l'homme rampe abattu :
Loin de cacher sa honte, illustre il la proclame.

On a si bien proscrit toute céleste flamme,
Que de la gloire enfin l'hymne antique s'est tu;
Et le devin sacré qui du rhythme est vêtu
Soulève la risée encor plus que le blâme.

S'habille-t-on de fleurs et vit-on de laurier?
Va, poëte insensé, rêver dans ton grenier.
Ainsi parle la foule au vil lucre adonnée.

Jeune homme, c'est ainsi que l'on aide au trajet
Où s'emporte ton cœur; mais, à l'âme bien née,
De se désespérer ce n'est pas un sujet.

RONDEAU VI.

Fidelle cueur, traictreuse chance
On souvent mesme demourance.
C'est grand caz; mais seroit-ce point
Que l'une fayt l'aultre et lui doint
De bien prover sa souffisance.

Parmy tout plaizir et chevance
Il ne fault si verde vaillance
Que nulluy ne semble à ce point
            Fidelle.

Qui veult avoir en soy fiance,
Onc, mais que Destresse s'advance,
Ne se tendra brave ni coint :
Ryant quand Fortune le poingt ;
Ains pour Liesse en nonchalance,
            Fi d'elle !

SONNET LXXVI.

Laissez en paix mourir le barde à l'hôpital :
Car ce n'est jamais lui qui fait à son génie
Épouser son cadavre, et de son agonie,
A travers tous ses chants, traîner le glas fatal.

La gloire est un autel et n'est point un étal.
Il faut, quand le poëte a sa tâche finie,
Que désormais sa forme, intacte et rajeunie,
Repose, marbre pur, au sacré piédestal.

Et des jours d'ici-bas, oh ! gardez que l'on ose
Suspendre les haillons à son apothéose.
Ne pleurez point pour lui votre fade bonheur.

Non, qu'il garde sa part des Dieux mêmes choisie :
Sur la terre le fiel et là-haut l'ambroisie,
La misère qui passe et l'éternel honneur !

SONNET LXXVII.

Ce n'est pas le premier qu'ait poussé dans la tombe
Le blâme insouciant d'un passant désœuvré :
Beaucoup qu'on ne voit pas meurent, le cœur navré
Au choc inattendu de l'injure qui tombe.

La fleur n'a pas besoin que l'orageuse trombe
S'acharne à la meurtrir; le cristal épuré
Éclate, aux doigts grossiers, son retour azuré ;
Un grêlon est mortel à la douce colombe ;

Et moins frêles encor sont les camellias blancs,
Le verre aérien et les oiseaux tremblants,
Que n'est le pauvre cœur de l'artiste candide ;

Mais la foule est l'enfant de soi-même entiché
Qui brise, en se jouant, quelque ouvrage splendide,
Et s'écrie aussitôt : Je ne l'ai pas touché.

SONNET LXXVIII.

Pour captiver le succès fatigant,
Et de la foule obtenir la visite,
N'avoir pour soi que l'appât du mérite
Est d'un calcul assez extravagant ;

Mais ne croyez qu'un agile intrigant,
Si nul talent déjà ne l'accrédite,
Puisse prétendre à plus de réussite,
Ni s'imposer au public arrogant.

Que faut-il donc ? Des qualités nombreuses,
Certain accord de souplesses heureuses,
Peu de vertus, des vices modérés :

Scrutez encor la vogue littéraire ;
Dans ses élus toujours vous trouverez
Quelque savoir, beaucoup de savoir-faire.

SONNET LXXIX.

Ah ! je garde une haine implacable et farouche
Pour ces bâtards sans cœur, ces faquins décorés,
D'une époque sans nom héros déshonorés,
Qui de nobles motifs gargarisent leur bouche.

Vraiment, le bien public serait ce qui les touche !
Et les vils appétits dont ils sont dévorés
Ne compteraient pour rien ! De grands mots arborés
Banniraient le soupçon de leur conduite louche !

Comme des champignons ont poussé leurs vertus :
D'un vêtement commode ils se sont revêtus ;
Mais ils n'ont point d'amis, ils n'ont que des complices.

Leurs dupes, quelque jour, deviendront leurs bourreaux,
Et nous, sans prendre part à d'ignobles supplices,
Nous laisserons passer la justice des sots.

SONNET LXXX.

Le culte du passé ne me rend point injuste.
Je ne viens pas toujours m'attaquer au présent,
Parce qu'il garde au front quelque tache de sang
Des mains de la Terreur, sa nourrice robuste.

Par trois fois mesuré sur le lit de Procuste,
Ce siècle, il faut le dire, est beaucoup plus décent
Que celui dont la honte, en tous lieux s'exhaussant,
Dans les vers de Gilbert si rudement s'incruste.

Plus de crimes altiers, plus d'excès monstrueux,
De sanglant ravisseur, de traitant fastueux
Jetant sur le pavé les finances qu'il pille.

Le vice aime aujourd'hui la paix de la maison ;
La débauche se range, et l'on vole en famille :
On est impie, infâme avec calme et raison.

5

SONNET LXXXI.

Les femmes aujourd'hui ne sont plus que nos frères ;
Leur sexe passe au nôtre, et fournit, par milliers,
Philosophes, tribuns et poëtes altiers,
Canezous inspirés, jupons humanitaires.

Plus d'une qu'on connaît pèse dans les affaires ;
Telle autre n'aime plus que les jeux des guerriers,
Si bien qu'abandonnés aux mains des chevriers,
Nos neveux apprendront à se passer de mères.

On en rit ; c'est fort triste, et notre unique espoir,
C'est qu'un législateur, s'asseyant au pouvoir,
Du chaos féminin vienne marquer le terme ;

Et par un vain fatras sans se laisser troubler,
A toutes nos Pallas dise d'une voix ferme :
Assez de temps perdu ; femmes, allez filer.

SONNET LXXXII.

Aimez-vous les bas-bleus ; ils se mettent partout :
Paris, en vingt endroits, assemble des cohues
D'imberbes jeunes gens et de femmes barbues,
Qui sondent l'avenir et réforment le goût.

Telle qu'on voit poser, tête haute et debout,
Inondant le pays de ses phrases accrues,
Se fait brave à guider les cohortes des rues,
Qui de se diriger ne vint jamais à bout.

Allez, jetez au vent votre nom de chrétiennes ;
Grands esprits ; insultez aux croyances anciennes :
Là vos plus fiers efforts doivent se consumer.

Mais eussiez-vous atteint votre but formidable,
L'ascendant du plus fort vivrait inviolable,
Et vous auriez gagné de vous faire enfermer.

SONNET LXXXIII.

Cléante qui n'avait au monde que ses os
Se fait riche à présent, et son ventre prospère.
Mais quoi, cet homme heureux s'est-il vu naître un père?
Recueille-t-il le fruit de ses propres travaux?

Est-ce quelque inventeur de procédés nouveaux?
Nullement : il a pris la recette vulgaire,
Et d'un coffre sans fond étayant sa misère,
Laisse venir à soi la fortune des sots.

Mais ses succès encor ne sont que des vétilles :
Il sera l'héritier de soixante familles.
Tout s'ouvre devant lui, salons et dignités.

Il peut choisir sa femme et choisir le collége
Qui l'enverra trôner au rang des députés.
D'être offert en exemple il a le privilége.

Heureux de s'unir au cortége,
Déjà même le chef d'une illustre maison
Sur ce bourbier d'écus veut plaquer son blason.

Comme il le juge en sa raison,
Un hymen si brillant vaut bien un peu d'intrigue.
La fille le respire, et la mère le brigue.

Pour y parvenir on se ligue :
Et je ne réponds pas qu'avant quinze ou vingt ans,
Un vieux nom qu'ont porté tant de fiers combattants,

Sonore et grandi si longtemps,
Grâce à cette union, ne tombe en apanage
Aux enfants du héros d'escompte et de courtage.

SONNET LXXXIV.

La banque et le courtage offrent plus d'un héros :
Cléante en est l'Ulysse et Dorimont l'Achille.
Celui-ci d'un seul coup s'est posé dans la ville ;
Son nom s'est révélé suivi de six zéros ;

Et depuis lors, la foule encombrant ses bureaux,
On se recueille avant d'aborder son asile.
Avec un doux respect les femmes, dans leur style,
Parlent de son génie et vantent ses chevaux.

Il est jeune et superbe, et, lorsqu'il baragouine,
On se tait ; gravement sous l'arrêt on s'incline.
On cherche la fortune aux traces de ses pas...

Du reste, généreux ; aux biens que lui moissonnent
Sur le champ de l'emprunt ses agiles combats,
Il laisse quelque part à ceux qui l'environnent.

SONNET LXXXV.

Depuis mil huit cent trente on a mis à la mode
De railler la patrie et cet honnête orgueil
D'un fils qui toujours veille et de larmes rebrode
Le drap où de ses morts s'abrite le cercueil ;

Et si quelque bon cœur que la honte corrode
Sur ces impiétés ose dire son deuil,
On le déclare absurde. — Ah ! monsieur fait une ode,
S'écrie un fat imberbe, en clignotant de l'œil.

Courage ! C'est encore, ô Muse magnanime,
Une corde arrachée à ta lyre sublime :
Quand il n'en restera que la carcasse, alors

On pourra s'en servir, ainsi que d'une poêle,
Pour saluer ce siècle et tout ce qu'il dévoile,
Et l'on battra des mains à ces dignes accords.

SONNET LXXXVI.

Quelquefois dans mon cœur le vieux sang militaire
Se réveille et me crie : Enfant dégénéré,
Qu'attends-tu? Ton orgueil, en ce siècle affairé,
Ne sait-il rien de mieux que dormir et se taire?

Va, cherche les combats jusqu'au bout de la terre,
Ou bien crains des aïeux l'anathème sacré,
Et que tu sois des tiens à jamais séparé,
Pour avoir abdiqué l'épée héréditaire.

— Hélas! la guerre même a subi le niveau
Qu'impose l'industrie à ce monde nouveau.
La prouesse est déchue avec les vieilles races.

O pères, contre nous n'élevez pas la main :
Puisque aussi bien le monde a renié vos traces,
Vos fils ne peuvent plus y faire leur chemin.

SONNET LXXXVII.

Ce fut un vaillant cœur, simple, correct, austère ;
Un homme des vieux jours, taillé dans le plein bloc,
Sincère comme l'or et droit comme un estoc,
Dont rien ne détrempa le mâle caractère.

Chassant loin du devoir l'intérêt adultère,
Avec sa conscience il ne fit point de troc ;
Il affronta sans peur le plus terrible choc,
Et, le danger fini, sut noblement se taire.

Sous l'antique bannière ardent à se ranger,
Il n'en garda pas moins sa haine à l'étranger :
Gentilhomme, il resta sujet du roi de France.

Et partout, sur le Rhin, en Vendée, à Lyon,
Il nourrit de son sang sa loyale espérance,
Fidèle jusqu'au bout et sans transaction.

SONNET LXXXVIII.

Il était jeune et fort, bouillant, de fière mine,
Quoique courbé déjà par un coup de mousquet
Dont, avant dix-huit ans, sa poitrine craquait,
A Lyon, ce gala de la guerre intestine.

Courtisan du danger qui pourtant le ruine,
Aux fêtes de Précy jamais il ne manquait,
Et sous Charette encore il eut place au banquet :
C'est ainsi qu'il savait prouver son origine.

Mais un jour il fut pris, lié comme un bandit,
Et des républicains jusqu'à Rennes maudit.
Un d'eux vint, plus zélé, le frapper au visage.

Il avait le sang prompt, le cœur près du cerveau ;
Pourtant, sans s'irriter, il soutint cet outrage :
Ce stupide soufflet ne heurta que sa peau.

SONNET LXXXIX.

Entre ces nobles chefs accourus au signal
Des Vendéens armés, et qui, pour cette guerre,
Ont donné tout leur sang, celui qu'aimait mon père
Et celui qu'il nommait toujours son général,

C'était Talmont : jamais de ce preux sans rival,
Après les cent combats et la réponse altière,
Il n'a dit le supplice et l'insulte dernière,
Que son cœur n'ait rougi d'un courroux filial.

Mandat, jeune et hardi sous ses trente blessures,
Frotté, soldat rigide aux mœurs droites et pures,
Assombrissaient aussi les récits paternels :

Assassinés tous deux, trahis, pris sans défense,
Le second vient tacher des lauriers immortels.
Voilà quels souvenirs ont bercé mon enfance.

SONNET XC.

J'évoque tes héros, ô peuple Vendéen.
Gloire à tes jeunes chefs, à leur mâle constance,
A tes martyrs qu'arma la sainte conscience,
Et qui moururent tous pour le grand suzerain !

Terre, ne couvre point leur sang, et dans ton sein
N'étouffe pas mes cris. Et vous, hommes de France,
La justice à vos yeux est-elle une vengeance,
Que les noms de tels morts soient exclus du burin ?

Mais aux âges futurs ils passeront quand même :
Ils brillent immortels, malgré votre anathème ;
En dépit de leur siècle, ils en seront l'honneur !

Et le poëte un jour, s'attachant à leur gloire,
S'en ira recueillir, docte et pieux glaneur,
Dans les traditions les traits de leur histoire.

SONNET XCI.

Ce fut Cathelineau qui, le premier de tous,
Brandit le drapeau blanc à travers le Bocage,
Et, des gars Poitevins dirigeant le courage,
Pour la croix et les lis frappa de nobles coups.

C'était un homme juste, humble, pieux et doux,
Un simple paysan, colporteur de village :
Ce fut un capitaine actif, vaillant et sage,
Des labeurs d'un tel poste uniquement jaloux.

Vingt chefs, pour la plupart issus de noble race,
L'élurent à leur tête, et s'il tint bien la place,
Nantes, après Saumur, peut encor l'attester.

Un combat de six mois résuma sa carrière :
Rien n'y manque, et la mort, qui vint la compléter,
Retentit sur le front de la Vendée entière.

SONNET XCII.

Larochejacquelein, nom propice à la gloire,
Bien secondé du reste, et qui joint à son cri
Les deux beaux noms français de Louis et d'Henri,
Et d'honneur sans mélange une double mémoire !

Celui-ci le premier a bondi dans l'histoire.
Tel que l'aiglon soudain à la foudre aguerri,
Un héros l'y porta, qui bien vite a péri,
Non sans avoir atteint sa seizième victoire.

Vingt ans après son frère a le même trépas :
Toutefois, s'éclairant à de plus grands combats,
L'aîné garde la palme, et ce jeune intrépide,

Sous son sang qui l'inonde, apparaît gracieux,
Comme s'il n'eût saigné que l'immortel liquide
Infusé par Homère aux veines de ses Dieux.

SONNET XCIII.

A dix mille soldats que, vainqueur il commande,
Qu'il règne en son château, quelques instants distrait,
Mais à saisir l'épée alerte et toujours prêt,
Ou bien que de sa force il achève l'offrande,

Et presque seul, traqué, corps à corps se défende,
Charette d'un héros est le même portrait,
Et jusqu'au bout du monde on sent qu'on le suivrait.
A travers ses défauts son âme est vraiment grande.

Mais, lorsque, confiant dans le pardon divin,
Blessé, mourant déjà, vers le supplice enfin
Il s'avance, impassible à la foule, à l'outrage,

On ne peut plus, devant les rayons surhumains
Projetés d'un si pur et si noble courage,
Que tomber à genoux, le front dans les deux mains.

SONNET XCIV.

Parmi ces chevaliers quel est ce rude athlète,
Cet homme aux larges poings, qui semble un rejeton
Plus sain et mieux venu de ces chefs à bâton
Que les Jacques vengeurs érigeaient à leur tête?

Ce lutteur si bien fait pour des jours de tempête,
C'est Georges Cadoudal, le général breton.
A vingt ans en Vendée entraînant son canton,
Il combattit dix ans la moderne conquête.

Jusqu'en mil huit cent quatre il demeura debout.
Jouant, comme Annibal, le tout contre le tout,
Au cœur de Paris même il transporta la guerre.

La révolution vint à bout de livrer
A ses exécuteurs ce terrible adversaire,
Et plus à l'aise alors se sentit respirer.

SONNET XCV.

Puisque l'acier, le marbre et le bronze est muet,
Au milieu de mes vers j'élève une colonne.
Là de tant de beaux noms que l'élite rayonne :
Lescure, Marigny, Bonchamps, Piron, Stofflet,

D'Elbée et Sapinaud, Jean Chouan, Suzannet,
Royrand, Scepeaux, Sombreuil qu'un si beau sang couronne,
Et toi, Boisguy, l'honneur de la guerre bretonne,
Et Précy que Lyon et son siége connaît.

O noble dévoùment, ô vertu monarchique,
Se pourrait-il qu'un jour le vent démocratique
Dénaturât le sol et les cœur des Français,

A ce point que l'on prît, sur la foi d'un sophiste,
Pour de tristes erreurs ou même des forfaits
Vos sublimes efforts, phalange royaliste!

5.

RHYTHME XI.

Troupe solide et hardie,
Ils sont quatorze officiers,
Des meilleurs de Normandie,
Toujours au feu les premiers ;
Enfants des guerres civiles,
Ils n'ont, repoussés des villes,
Que les fossés pour maisons :
Leur âme ainsi s'est mûrie,
Sous la double intempérie
Des balles et des saisons.

Tous portent la blouse bleue,
Les guêtres, les grands chapeaux,
Comme des gens de banlieue
Cheminant pour leurs travaux :
Aussi sont-ils en affaire.
Ils ont leurs outils de guerre
Sous les plis de leurs habits,
Tromblons gorgés de mitraille
Et bons couteaux de bataille,
Mieux aiguisés que fourbis.

Dans le château de Coutance
Un des leurs attend la mort.
Ils vont casser la sentence
Qui dispose de son sort.
De Frotté c'est l'émissaire :
Comme il venait d'Angleterre,
Sur la côte on l'a surpris ;
Et, pour le bien du service,
Il faut, avant son supplice,
Le délivrer à tout prix.

En effet, le cas est grave,
Et du général absent,

On peut perdre, à cette entrave,
Quelque message pressant.
La mine que l'on prépare,
De tous ses brûlots avare,
Ne doit pas faire long feu :
Elle a concentré les pistes
Des plus fervents royalistes,
Et c'est leur dernier enjeu.

La citadelle renferme
Trois cents soldats environ.
La muraille est assez ferme
Pour ne céder qu'au canon.
Il leur faudrait trop de monde,
Encor que Dieu les seconde,
Pour l'escalader la nuit ;
Et toute prudence ordonne,
Avant que le tocsin sonne,
De n'agir qu'à petit bruit.

Mais quoi, l'affaire est conclue.
Point d'inutile détour,
Ni de force superflue !
Ils iront seuls, en plein jour.
Les voilà qui se débandent.
En peu de mots ils s'entendent :
Le rendez-vous est connu.
Sans être des barbes grises,
De bien d'autres entreprises
Chacun d'eux est revenu.

Ils pénètrent dans la place,
Mêlés aux gens du marché.
Rien n'altère leur audace.
Le complot est bien caché.
A midi la sentinelle,
Que frappe une main fidèle,

Tombe sur le pont-levis ;
Quatre hommes tiennent la garde,
Sous le plomb qui la regarde,
Immobile en son logis.

D'autres, bravant le qui-vive,
Par le geôlier consterné
Se font guider ; on arrive,
Au cachot du condamné.
— Est-ce la mort qu'on m'annonce ?
On l'embrasse pour réponse.
— Hélas, je ne puis marcher !
— Messieurs, c'est moi qui le porte ;
J'ai l'épaule large et forte,
Et ne crains pas de broncher.

Le tambour bat dans la rue,
Et des bouges d'alentour
La garnison accourue
Déjà grouille dans la cour :
Sur cette nouvelle enceinte
Les blancs se jettent sans crainte,
Aux cris de vive le Roi !
Les cratères d'espingole
S'enflamment. Le trépas vole.
Les bleus chavirent d'effroi.

Le fracas et la fumée
Dérobent les assaillants ;
Il faudrait toute une armée
Pour les garder en ses flancs.
Un seul, atteint d'une balle,
Meurt pour la cause royale :
Le reste passe. Après eux
Personne ne s'aventure,
Tant leur intrépide allure
A fasciné tous les yeux.

Il fallut marcher une heure
Pour trouver un serrurier.
Et faire, dans sa demeure,
Déferrer le prisonnier.
Celui qui, sur son épaule,
L'emporta depuis la geôle
Mourut à trois mois de là.
De son dévoûment victime,
Une amitié magnanime
Sur ses forces l'aveugla.

C'est le chevalier Destouches
Qui fut ainsi délivré :
Or, sans avoir les yeux louches,
Ni l'esprit trop égaré,
Le commandant de la ville
Put grossir d'un demi mille
Le bataillon combattant ;
D'un nombre un peu plus modeste,
Je conviens que pour le reste
Ils en valaient bien autant.

Celui qui garda la gloire
De ces vaillants compagnons,
Tout enfant, dans sa mémoire,
N'a pu retenir leurs noms.
Lui-même est le fils d'un père
Qui prit part à cette affaire,
Parmi cent autres combats.
Combien de récits semblables
Sont perdus, irrévocables,
Dans l'abîme du trépas !

Les vaincus n'ont pas d'histoire.
De nos modernes cités
Les échos ne peuvent croire
Aux héros déshérités.

Du moins, en d'autres contrées,
Les traditions sacrées
Vibrent toujours dans les airs :
Sous le pavé tout s'efface ;
Mais l'herbe montre la trace
Des morts qu'elle a recouverts.

SONNET XCVI.

Noblesse de province, ô simple et forte race,
Toi qu'on a tant raillée, et qu'on vit en tout lieu,
Pour l'honneur de la France ou la cause de Dieu,
Prodiguer de ton sang l'inépuisable audace,

Hors des camps, il est vrai, tu tenais mal ta place :
Tu savais manier et le glaive et l'épieu ;
Mais les choses de cour t'embarrassaient un peu,
Et tes femmes parfois pouvaient manquer de grâce.

Inhabiles sans doute aux élégants discours,
C'étaient le plus souvent des chrétiennes, toujours,
Ainsi qu'à leurs devoirs, aux pauvres attentives.

On s'en souvient encore, et, d'un si long bienfait,
Les antiques vassaux, dans leurs chansons naïves,
Même en plus d'un canton, ont gardé le regret.

SONNET XCVII.

Le jour que dans mes yeux descendit la pensée,
Je vis sur mes regards un regard arrêté,
L'un des plus purs flambeaux d'où la maternité
Dans une âme d'enfant ait sa flamme versée.

O le legs le plus beau fait par la fiancée
A l'épouse, c'est toi, blanche sérénité,
Majestueux reflet de la virginité,
Lumière égale et sainte, astre du gynécée !

Vainement les hivers viendront, nombreux et froids :
La beauté pourra bien s'effacer sous le poids
De la neige des ans que la bise accumule ;

Mais le cœur innocent de viles passions
Au front transfiguré gardera sans macule
Le frais encadrement de tes chastes rayons.

SONNET XCVIII.

Comme un joyeux bambin j'ai peine à ne pas suivre
Les soldats au passage, et mon cœur rit toujours,
Quand brise à mon oreille un fracas de tambours,
Qu'entrecoupent soudain les fanfares de cuivre.

Je sais bien cependant que je ne pourrais vivre
A ce métier vorace où, tombant à rebours,
La muse qu'on arrache à toutes ses amours
Est pareille à l'enfant englouti par la guivre.

Mais ce n'est pas cela : non, le cri de l'acier
N'éveille point en moi la fougue du coursier,
Mais du ramier plutôt l'allégresse plaintive.

De natal souvenir privé par le destin,
Les armes, où vécut mon enfance captive,
De la famille ainsi ne bercent que l'instinct.

SONNET XCIX.

Domestiques parfums, charme du gynécée,
Belle famille antique, où sont tes doux trésors,
Et ton chaste repos qui des bruits du dehors
A la fois abritait les sens et la pensée ?

O vierges au front calme, à la robe plissée,
Dont rien n'a contourné ni l'âme ni le corps,
Femmes à l'œil limpide, enfants riants et forts,
Hélas, où retrouver votre race effacée !

Ah ! nous sommes partout déshérités et seuls,
Plus errants que ces morts qui, privés de linceuls,
Encombraient des enfers la porte fatidique.

L'affreuse solitude en tous lieux nous poursuit :
Le temple, la maison et la place publique
Sont pleins également de son immense nuit.

RHYTHME XII.

Bel arbre aux rameaux d'or, ô Noblesse de France,
    Tu n'es plus qu'un grand souvenir,
Dont l'immortalité, sans germe d'espérance,
    Est à jamais ton avenir.
Comment a disparu ce colosse superbe,
    Monument des siècles féconds ?
Mineur, prends tes outils, et, sous les plaques d'herbe,
    Poursuis ses fondements profonds.
Tranche, fouille le sol ; tamise la poussière :
    Pas un caillou, pas un fétu
Qui n'ait été trempé de sa séve guerrière
    Et pénétré de sa vertu !

Mais pas un rejeton, mais pas une semence,
    Où puisse mordre le soleil !
Il ne vibre plus rien de cette force immense :
    C'est la mort, et non le sommeil.

Ainsi ce tronc témoin d'une si vaste lutte,
    Et ces feuillages somptueux,
Tout s'est comme dissous et perdu dans la chute ;
    Ainsi ce front majestueux,
Ce front qui, tant de fois éprouvé par la foudre,
    A toute épreuve se montrait,
Un jour il n'a fallu, pour le réduire en poudre,
    Que quelques coups de couperet !

    Quand le chêne au vaste héritage,
    Qui, fondateur de la forêt,
    A vaincu la neige et l'orage,
    Recèle un ennemi secret,
    Quand le ver le ronge aux entrailles,
    La hache, avec quelques entailles,
    En vient à bout, sans que jamais
    Ni le soleil, ni la rosée
    Puissent de la souche épuisée
    Susciter de nouveaux sommets.

SONNET C.

A. MM. DE BELLOY ET G. SEGAUD.

Tout un jour de sincère et tranquille bonheur !
Amis, on n'en a pas un pareil dans l'année,
Et nous avons bien pu tresser en son honneur
Une guirlande verte et de fleurs festonnée.

Lorsque l'âge viendra, cet âpre moissonneur,
Broyant nos souvenirs sous sa faux inclinée,
Alors, en rassemblant la gerbe du glaneur,

Nous nous rappellerons cette fraîche journée :
Et la Seine, et la barque aux avirons grossiers,
Et nos doux entretiens sous les grands peupliers,

Et l'île baptisée, et l'écluse sauvage...
Et puissions-nous encor, Poissy, te revenir,
Et, tous trois lentement côtoyant ton rivage,
Tour à tour évoquer un si cher souvenir !

SONNET CI.

A. M. LE Vᵗᵉ DE QUERELLES.

L'improvisation, fée à la blonde tête,
Posa ses pieds de rose au bord de ton berceau,
Et pour hochets dès lors te donna ce pinceau
Et ces crayons que rien n'intimide et n'arrête.

Enfants, nous admirions ta verve toujours prête :
Je l'envie aujourd'hui, moi qui, marqué du sceau
D'une muse tardive, ai vu, sous le boisseau,
S'obscurcir si longtemps ma lumière distraite.

Heureux ami, tandis qu'attelés au pressoir,
Nous broyons, en tournant du matin jusqu'au soir,
Une rare liqueur dont le goût nous échappe ;

Toi, le front couronné de pampres verdoyants,
Tu choisis les raisins, et, mordant à la grappe,
Parcours à ton plaisir les coteaux ondoyants.

SONNET CII.

AU MÊME.

Que le désir de l'homme a d'étranges caprices !
Quand l'art pouvait mener, par un chemin si doux,
Tes jours insoucieux à faire envie à tous,
Tu préféras marcher au bord des précipices.

Magnanime folie ! Ami, quoi que tu fisses,
Je savais que d'éclat ton courage jaloux
Ne devait rien porter de douteux en dessous,
Ni se mésallier à d'indignes complices.

Certes, ce n'est pas moi, si fidèle au passé,
Qui blâme ta ferveur pour un culte effacé,
Et qui de ton César puis railler la couronne.

Ce n'est pas moi non plus, prêtre de l'avenir,
Qui te dirai : Jouis en paix ; la vie est bonne,
Et le présent suffit à qui veut s'y tenir.

SONNET CIII.

La nature aux jardins rend leur première joie,
Leur sourire de fleurs où s'effacent les maux
De l'hiver. Sur l'arbuste aux flexibles rameaux
S'écaille le bourgeon et le chaton poudroie.

Les prés adolescents, dans leur robe de soie,
Brillent, et, ravivant l'or et l'argent jumeaux,
Ont de leur frais blason rejoint tous les émaux.
Sous la brise déjà l'herbe des blés se ploie.

Cependant, aux forêts, des arbres mugissants
L'écorce dort toujours : car à ces fronts puissants
Si l'été fait bondir la séve intérieure,

Avril, comme septembre, est pour eux sans soleil ;
La feuille leur vient tard et sèche de bonne heure.
Tous les dominateurs ont un destin pareil.

SONNET CIV.

Il n'est de chant si triste et blème
Que des succès assez flatteurs
Ne couronnent sans stratagème,
Grâce aux hasards médiateurs :

Ainsi le rossignol lui-même
Peut trouver quelques auditeurs.
Souvent une oreille qui l'aime
Le demande aux autres chanteurs.

Avec délices on l'écoute,
Si, par les chances de la roûte,
Vers son royaume on est conduit ; .

Mais nul ne tente le voyage,
Pour rechercher l'oiseau sauvage
Dans sa solitude et sa nuit.

SONNET CV.

A. M. LE Mis A. DE BELLOY.

J'ai courtisé les dieux : plus docile à ton âge,
Aux déesses, ami, tu portes ton encens.
Leurs regards t'ont prêté des traits aussi puissants
Que ceux dont Apollon fait connaître l'usage.

Ce n'est pas tout; on sait qu'au printemps, sous l'ombrage,
Ces fécondes beautés qu'émeuvent tes accents
Mainte fois t'ont pressé dans leurs bras caressants :
Les faunes t'épiaient, cachés au voisinage.

D'où viendrait autrement cet essaim gracieux,
Que, sans nous avertir, tu produis à nos yeux :
Ivonne, Emma, Tisbé, Raymonde, Hélène, Orphise?

Ah! celle-ci surtout a troublé mon repos,
Et, si je n'avais peur de faire une méprise,
Je te prierais pour moi de lui dire deux mots.

RHYTHME XIII.

BALLADE.

Jà des bourgeons les feuilles desguainées
Vont relevant les amoureux lambris,
Et Zephyrus, par molles alenées,
Emmy les fleurs, cueillant leurs esperits,
De la nature embasme le pourpris.
Serait point temps, ô mon âme endormie,
En si doulx temps, de refaire une amie?
Ains ou treuver, de plus souef parfum,
Cueur feminin de foy bien affermie?
Quant est de moy, je n'en congnois pas un.

Des oysillons les bandes ramenées
Soubz les fousteaux semblent gaigner le prix,

Et de chançons esmaillent les journées.
Du renouveau font les chants et les cris
Leurs petits cueurs mignonnement espris.
Adonc m'a dict ma pauvre chalemie :
Ne croy-tu pas qu'à ta muse blesmie
Un air nouveau serait bien opportun ?
Quierez-le donc et l'enseignez, ma mie :
Quant est de moy, je n'en congnois pas un.

Vers nos logis les arondes tournées
De mol duvet veloutent les abris
Où meuriront leurs amours fortunées.
Tout faict le chœur ez noces de Cypris.
Dans le bled verd se mussent les perdrix.
Ah ! cueur lassé, vestu de tristamie,
Vouldrois-tu pas, avant l'aage ennemie,
Chevir d'un nid, reclouz et demy-brun,
Qui t'agreast (je dy sans infamie)?
Quant est de moy, je n'en congnois pas un.

Un prince icy, remply de preud'hommie,
Soit salué (sans le designer mie),
Pour ne faillir à l'usage commun.
Horimiz au Louvre un Pharaon momie,
Quant est de moy, je n'en congnois pas un.

SONNET CVI.

Damon est las enfin du tracas des affaires,
Las de son luxe d'or, et du monde et des gens.
— Oh ! je n'étais pas né pour ces soins exigeants.
Dit-il. J'irai chercher, au milieu des chaumières,

La paix qui toujours fuit nos pompeuses misères.
Je veux une campagne où mes jours négligents,
En de chastes loisirs aux Muses indulgents,
Reposent du chemin mon cœur et mes paupières.

O les bois, ô les fleurs, les doux chants de la nuit !
Le soleil qui rayonne ou la lune qui luit !
Bergers, je viens aussi pour vivre en Arcadie.

Damon se lève alors, soulagé d'un grand poids,
Et va, le front joyeux et l'allure hardie,
Vendre son cinq pour cent pour acheter du trois.

SONNET CVII.

Le froid, la pluie, et le hâle et l'orage
Sont pour Cléon des malheurs personnels.
De tous les maux dont souffrent les mortels
C'est soi qu'il plaint, c'est pour soi qu'il enrage.

Certes, il peut se piquer de courage
Pour vivre en proie aux destins criminels,
Et s'engraisser sous les assauts cruels
Dont l'univers l'enveloppe et l'outrage.

Vit-on jamais de malheur si constant !
A tous les coups vainement il s'attend ;
C'est chaque jour quelque plus rude étrenne.

Ce matin même, oyez-le s'agiter,
Dans la maison voisine de la sienne,
Un homme est mort exprès pour l'attrister.

SONNET CVIII.

Lise est dévote, et c'est sa passion :
Elle aime aussi le théâtre et la danse ;
Mais son cœur plein de force et de prudence
Peut se soumettre à la tentation.

De se montrer suivant l'occasion,
Elle ne manque, aux saints jours d'abstinence,
Pas un sermon, pas une conférence,
Sans oublier salut ni station.

Dévote aussi, son heureuse famille
Voit tous ses vœux exaucés, et la fille
Recueille enfin le fruit de tant de pas :

Car elle épouse un gros quadragénaire,
Athée et sot, ce qui ne s'exclut pas,
Mais, il est vrai, fort bon millionnaire.

SONNET CIX.

En méprisant qui vous aime,
Vous montrez du jugement,
Et témoignez clairement
De vous connaître vous-même.

Mais, Chloris, sans stratagème,
De votre âme, un seul moment,
Laissez à ce triste amant
Se dévoiler le problème.

Lors, sachant mieux s'inspirer,
Vous le verrez abjurer
L'erreur dont il fut victime,

Et s'empresser sans retour
De regagner votre estime,
En oubliant son amour.

SONNET CX.

La foi de Narcisse est soumise
A son humeur, au temps qu'il fait :
S'il échoue en quelque entreprise,
Du hasard tout devient l'effet.

La pluie aura fripé sa mise :
Voulez-vous qu'après ce forfait
La Providence soit admise?
Il hausse l'épaule et se tait.

Mais s'il est bien en sa cravate,
Que tout lui succède et le flatte,
Narcisse daigne croire en Dieu.

Il l'excuse, il prend sa défense,
Et, pour en prouver l'existence,
Il vous dira : Je gagne au jeu.

SONNET CXI.

A M. LE DUC D'ABRANTÈS.

Duc, de votre souper je garderai mémoire.
Grâce à lui si je meurs sans que le feu divin
Ait dépouillé mes chants du terrestre levain,
Quelques instants du moins j'aurai connu la gloire.

A l'antique proverbe, oh ! si je pouvais croire,
Et si la vérité que nous cherchons en vain,
Projetant ses éclairs sous les brumes du vin,
Faisait toujours de l'homme un prophète après boire,

Tranquille alors, au ciel je lèverais mon front.
Des choses d'ici-bas j'ignorerais l'affront,
Armé contre le sort d'un augure authentique;

Mais le doute déjà me ricane, importun,
Qu'ayant outrepassé le degré prophétique,
Vous avez pu penser comme l'on parle à jeun.

SONNET CXII.

A M. THÉODORE CHASSÉRIAU.

Nos forêts maintenant ne sont que des chantiers,
Où le pic et la hache entassent des ruines.
L'industrie y poursuit du bruit de ses machines
L'artiste et l'amoureux jusqu'au fond des sentiers.

Puissé-je voir enfin ces bois de verts lauriers
Que la belle Italie épand sur ses collines,
Feuillages.immortels dont, en rimes divines,
Pétrarque traduisit les oracles altiers!

Mais, si mon front un jour s'abrite sous leur ceintre,
Je n'en sentirai pas comme vous, jeune peintre,
Tous les enchantements et la félicité :

J'ai passé sans retour cette saison de flamme
Où, rien que d'un regard, une pure beauté
Dans les espaces bleus fait envoler notre âme.

RHYTHME XIV.

RONDEAU REDOUBLÉ.

En loyaulté non un instant faulsée
Garder son âme autreffoiz estoit beau,
Sans avoir fors une seule pensée,
Fors une amour de l'enfance au tombeau.

De Blanchefleur, d'Yseult et d'Ysabeau,
Comme les noms, est la gamme effacée
De chalenger perdurable flambeau
En loyaulté non un instant faulsée.

Toute simplesse adonc est délaissée.
Le blanc coulomb se mue au noir corbeau.
De tel abuz et cautelle insensée
Garder son âme autreffoiz estoit beau.

Ainsi, quand chascun va fuyant son drapeau,
Que Fraude est seule en tous lieux advancée,

6

Rien ne dessert qui demoure en sa peau,
Sans avoir fors une seule pensée.

Si doubteroit se sentir desplacée,
En ce beau monde et glorieux troupeau,
Dame par qui ne seroit pourchassée
Fors une amour de l'enfance au tombeau.

Tres noble Foy, mieux que ce vil appeau
Ainçois me duyt ta rudesse expulsée.
Rescous ou non, mais que soye en lambeau,
Si deffendray ta bannierre dressée
En loyaulté.

SONNET CXIII.

Un jour on lui dirait : Voici de ton doux rêve
La coupe épanouie, et tu peux, nuit et jour,
Boire à ses lèvres d'or et savourer l'amour,
Sans craindre d'en tarir l'inépuisable séve.

Non, non, répondrait-il, que mon destin s'achève :
Mon regard s'est tourné vers un autre séjour.
Revenu pour jamais d'un stérile détour,
J'embrasse tout entier l'essor qui me soulève.

Ainsi le scarabée, habitant d'une fleur,
Saturé de parfums, écaille à la chaleur,
Son bouclier coupé dans une chrysoprase,

En assure un instant les pavillons ouverts,
Et, dépliant soudain ses deux ailes de gaze,
Monte, vivante flèche, au bleu chemin des airs.

RONDEAU VII.

Belle sans blasme est devise excellente
Qui n'appartient qu'à vertu prévalante.
Je la vouldrois sur toutes relever,
Et de son or correctement graver
La noble espée et la lyre vaillante.

Trop plus souvent quelque amour nonchalante,
Par vil dezir, s'introduit et se plante,
Où devoit seule une image arriver,
  Belle sans blasme.

L'ame demoure entre deux vacillante
(Remords l'assault, Vénus la violente);
Ains si, d'ahan, ne se peut desgrever,
Serve se livre à la chair insolente;
Puis, au derrain eschoit à la treuver
  Belle sans blasme.

RONDEAU VIII.

Le bon Pétrarque, alors que le Saint-Père,
De telle amour n'entendant le mystère,
Voulait l'unir à madame Laura,
Sans s'étonner, doucement remontra
Qu'il lui restait bien des sonnets à faire.

Et sur cela bravement on infère
Que ses tourments ne furent que chimère;
Si qu'un enfant demain gourmandera
  Le bon Pétrarque.

Il eût mieux fait sans doute de se taire,
De transmuer en un roman vulgaire
L'œuvre divin que son âme expira :
Peut-être un jour voilà ce qu'on dira;
Mais, tel qu'il est, maintenant on préfère
  Le bon Pétrarque.

SONNET CXIV.

Je suis plus paresseux, dit-on, qu'une chenille :
C'est possible. En cela j'ai suivi mon instinct.
L'insecte, insoucieux du souffle qui l'atteint,
A son fil se suspend, flottant sous la charmille ;

Puis, se laissant aller, tranquillement il pille
Ce que sa dent rencontre, ou de l'herbe ou du thym.
Il se lasse pourtant : on le voit un matin,
Se tisser bravement un beau linceul qui brille.

Ainsi je fais. Du sort je ne réclame rien.
Ce qu'on nomme bonheur n'est pas toujours un bien :
L'homme autrement serait un absurde mystère.

Vers l'antre ténébreux j'avance sans frémir.
J'ignore encore pourquoi j'ai passé sur la terre ;
Mais je file ma coque et pourrai m'endormir.

FIN DU LIVRE DEUXIÈME.

LIVRE TROISIÈME.

o⟨⟩c·

SONNET CXV.

Agésandre de Rhode et ses fils, fiers esprits,
(L'un fut Apollodore et l'autre Athanodore),
Enfermèrent jadis, dans un marbre sonore
Et fait à leur image, un symbole incompris.

O vieux Laocoon, ton supplice est le prix
Dont le dieu du moment paie un cœur que dévore
La vérité de l'art. Ah! de nos jours encore,
Malheur aux courageux du sacerdoce épris!

Toujours ces grands serpents, le Mensonge et l'Envie,
Du groupe incorruptible empoisonnant la vie,
Font des enfants sacrés hurler la chaste voix;

Mais le prêtre, étouffant la plainte en sa poitrine,
Lutte de ses deux bras, pour garder, sous le poids,
Un front qui fasse honneur à l'épreuve divine.

6.

SONNET CXVI.

Elle court : cependant que sa main gauche arrête
Un cerf encor lancé, la droite à son carquois
Va saisir une flèche, et, traversant les bois,
Son regard déjà tient une victime prête.

Sur son pied qui soumet la plus superbe crête,
Son beau corps se suspend, sans y jeter de poids;
Son sein hardi se tend aux sauvages exploits,
Et, tranquille, au-dessus plane sa noble tête.

Oui, c'est bien Diana, l'immortelle Artémis,
La vierge sainte et forte, et qui n'a point commis
A d'autre bras qu'au sien sa gloire et sa vengeance.

La chasteté sévère habite les forêts,
Et, fuyant les loisirs amis de l'indulgence,
Pour des combats sans fin se hérisse de traits.

SONNET CXVII.

En vain, pour que son nom reste justifié,
L'artiste ambitieux dresse cime sur cime,
Le temps usurpateur incessamment décime
Au souvenir humain ceux qui l'ont défié.

Il vaut mieux qu'au hasard on se soit confié :
C'est ainsi qu'un beau jour rejaillit de l'abîme,
L'homme qui n'a laissé de son ciseau sublime
Que le torse d'Alcide enfin déifié;

Et ce maître ignoré dans toutes les histoires
Reprit soudain sa place aux savantes mémoires.
Il a deux fois conquis son immortalité.

Déjouant à jamais la glose ridicule,
Il a dit seulement à la postérité :
C'est Apollonyos qui tailla cet Hercule.

SONNET CXVIII.

L'Apollon Pythien et le Gladiateur
Sont l'œuvre tous les deux d'Agasias d'Éphèse,
Et de ce double poids quand sa mémoire pèse,
On ne sait rien de plus de ce grand créateur.

Encor qui sait cela? Quelque obscur amateur.
La gloire en tous les temps ne fait rien qu'à son aise,
Et plus tard il suffit que l'histoire s'en taise,
Pour que de son ouvrage on sépare l'auteur.

Que de frères peut-être eut cet archer sublime,
Et que de compagnons ce vainqueur inconnu,
Dont la forme pourtant jusqu'à nos yeux s'anime!

D'un autre le nom seul nous sera parvenu :
Au plus noble héros comme au plus grand poëte,
L'immortelle couronne est rarement complète.

SONNET CXIX.

Non, la beauté n'est pas ce qui tente la chair.
Par un culte imposteur vainement profanée,
La divine Aphrodite est la sœur d'Athénée :
L'une et l'autre ont jailli du front de Jupiter;

Et celle-là, pour nous bravant l'âge de fer,
Se conserva visible à la terre étonnée.
Sa blancheur sur la plage apparut émanée
De l'onde incorruptible et du souffle de l'air.

C'est ainsi qu'elle vit dans ce marbre sévère
Que Milo si longtemps déroba sous la terre.
Noble statue, à toi l'amour de mon regard :

Car ta vive lumière, à mon âme pieuse,
Révéla pleinement la volupté de l'art,
O des grossiers désirs forme victorieuse !

SONNET CXX.

O Grèce ! ce qui fait ta souveraineté,
Mieux que Léonidas et le grand Alexandre;
Ce qui du premier rang te garde de descendre,
C'est de l'art, dans ton sein, la divine beauté.

Comme des rois puissants, armés de majesté,
Tes glorieux sculpteurs, survivant à leur cendre,
A jamais de l'oubli sont là pour te défendre,
Et le monde est soumis à leur autorité.

Entre ces seuls vainqueurs et leurs trois dynasties,
Les conquêtes du beau demeurent réparties :
Toute forme retourne à leurs types sacrés.

En marchant devant eux ils ont saisi la palme,
Arborant saintement à leurs fronts éclairés
L'inspiration dans le calme.

SONNET CXXI.

Comme ce mont fameux où le génie antique
A figuré de l'art l'escarpement hautain,
Dressant un double front, l'épopée homérique
Du ciel de poésie envahit le lointain.

Là deux Muses, nouant leur changeante tunique
Sous la ceinture d'or, et gardant à la main
Et l'homicide épée et la rame nautique,
Abritent dans l'azur leur éternel destin.

Le vallon, palpitant d'harmonieux feuillages,
Voit blanchir dans son sein, à l'abri des orages,
Un temple au long portique, aux magiques autels :

Sous la robe de neige et le vert diadème,
Le vieillard ionien y siége, Dieu lui-même,
Au milieu de ces dieux qu'il a faits immortels.

SONNET CXXII.

Éros, oui, j'ai voulu, profanant tes mystères,
De ta coupe sacrée avilir le cristal
Au rouge vin des sens : je n'ai pu, dieu fatal,
Y calmer un instant l'ardeur dont tu m'altères.

Inflexible gardien des âmes solitaires,
Tu veilles, nuit et jour, au trésor idéal,
Ainsi que le griffon d'un antre oriental,
Sans incliner jamais tes prunelles austères.

Je ne résiste plus, ô sublime tyran !
Des terrestres espoirs j'ai franchi le courant :
Je plonge dans l'éther l'aviron de mes ailes.

Adieu les prés, les fleurs et les ombrages verts !
La muse initiée aux beautés éternelles,
Ne doit chercher qu'aux cieux d'objets pour ses concerts.

SONNET CXXIII.

Pour atteindre au séjour que Jupiter habite,
Avoir, d'un bras puissant, combattu sans repos,
Dompté l'hydre, et Cacus, et les douze travaux,
Ce n'est point à son fils un suffisant mérite :

Il faut que la souffrance et le feu le visite ;
Ce qu'il mêle à sa gloire et d'impur et de faux,
Il le doit expier jusqu'au fond de ses os.
C'est en vain que d'abord son supplice l'irrite :

L'implacable tunique, adhérente à son corps,
Dans ce sang orgueilleux infuse le remords,
Et lui fait rejeter la haine et l'adultère.

Le héros a compris comment se font les dieux.
Il s'est soumis ; il monte au bûcher salutaire,
D'où son âme d'un trait arrive dans les cieux.

RHYTHME XV.

ENDYMION.

Au sommet de Lathmos, le beau mont de Carie,
Il faut que chaque nuit s'illumine et sourie :
    Loin tous nuages imposteurs ;
Autant que les frimas, loin ces molles haleines,
Qui font des simples fleurs, habitantes des plaines,
    Sourdre des poisons séducteurs !

Point de ces chants obscurs, exhalés sous les voiles
D'un feuillage étouffé, mais des fraîches étoiles
    Le silence mélodieux ;
Et la céleste lyre aux cordes invisibles,
Dont les sons seulement à l'âme perceptibles,
    Jaillissent sous la main des dieux !

Et cependant l'élu de ces blanches retraites,
Le noble initié qui veut ces chastes fêtes,
    N'est fils ni des dieux ni des rois ;
D'aucun pouvoir fatal les jalouses entraves
N'entourèrent ses pas d'impérieux esclaves
    Qui sans cesse évoquent des lois.

C'est un simple berger, presque un enfant encore,
Plus libre que les airs et plus beau que l'aurore,
    Sauvage, taciturne et fier.
Le laitage et les fruits, austère nourriture,
Comblent tous ses besoins ; jamais sa lèvre pure
    N'a goûté le vin ni la chair.

D'une peau de bélier sa ceinture est tissue,
Et l'air qui vient souffler sur sa poitrine nue,
    La sent à peine palpiter.
Ses beaux pieds sont posés sur la sandale antique ;
Ses bras sont d'une vierge, et la crosse rustique
    Semble faite pour les porter.

Sa bouche, arc phrygien qu'une flèche soulève,
Reste dans son sourire, et lentement s'achève,
    Teinte d'un sang toujours égal.
Le fruit sombre du myrte environne sa joue ;
Le pampre sur son cou se recourbe et se joue,
    Autour du chapeau pastoral.

Dans ses yeux sans mélange une étoile lointaine
Respire, comme au fond d'une ombreuse fontaine,
    Un rayon dormant du soleil ;
Et nul souffle importun, nulle vapeur livide
N'a troublé cette source et de ce front limpide
    Terni l'harmonieux sommeil.

Lorsqu'à demi voilé d'une ombre diaphane,
Ses dogues à ses pieds, debout, son regard plane,
    Vers l'astre qui blanchit le ciel,
On dirait, à le voir, rêverie ou prière,
Sur le penchant du mont quelque berger de pierre
    Montrant le bercail éternel.

Aussi bien les beautés qui hantent la vallée
Jamais, si beau qu'il soit, n'ont, d'une âme troublée,
    Cherché ses regards ni ses pas ;
Et lui-même jamais ne s'est tourné vers elles :
Il habite au milieu des nymphes immortelles,
    Et son cœur ne s'en émeut pas.

Ce n'est point le fardeau d'une ignorance obscure
Qui l'a pu retenir : déjà de la nature
    Il sait la voie et les secrets ;
Il a vu du troupeau les poursuites lascives ;
Mais jamais le printemps d'étincelles plus vives
    N'a fait trembler ses yeux distraits.

Les bergers querelleurs, respectant son silence,
N'ont jamais de ses chiens ému la surveillance
    Ni raillé son oisiveté.

Ils le laissent régner au plus haut pâturage,
Et tous redouteraient, en lui faisant outrage,
　　De commettre une impiété :

Car bientôt cet enfant, âme toujours sereine,
Pour son amante aura Phœbé, la blanche reine,
　　Déesse des contemplateurs.
Ses rêves éthérés, où l'extase pénètre,
De l'amour ici-bas ne lui feront connaître
　　Que les clartés sans les ardeurs.

RHYTHME XVI.

DAPHNÉ.

Dieu trois fois invoqué, dont la main tient la lyre,
L'arc et les rênes d'or, ô sublime chasseur,
O chanteur rayonnant, pourquoi d'un tel empire,
Pourquoi te revoit-on, inquiet possesseur,
　　　Entourant de mystère
　　　Ta gloire solitaire,
Des vallons sinueux aborder l'épaisseur ?

Viens-tu, comme autrefois, jusqu'en son marécage,
Poursuivre et transpercer le terrible Python ;
Ou, visitant, non loin du fraternel ombrage,
Les restes foudroyés du triste Phaëton,
　　　Disputer au vertige
　　　Ton immortel quadrige :
Phlégon et Pyroïs, Æoüs, Aëthon ?

Est-ce encor pour venger l'insulte maternelle,
Que ta sœur chasseresse a suscité ton bras ?
Ou, pour d'autres remparts, que Neptune t'appelle ?
Ou, devant le dieu Pan et le savant Midas,
　　　Vas-tu te faire entendre,
　　　Et sans pitié suspendre
A l'arbre épouvanté la peau de Marsyas ?

Non, des soins moins vaillants te ramènent sur terre ;
Ce qui hâte tes pas, ce n'est pas le courroux,
Et tu suis une proie et plus douce et moins fière
Que celles dont jadis tu te montrais jaloux.
            Mais sa faiblesse même
            T'échappe, et, sans blasphème,
Rebelle à tes rayons, peut les renier tous.

En vain de leur beauté se couronne ta tête,
La nymphe fuit toujours et n'a pas un regard.
Tu ne saurais trouver un accent qui l'arrête.
Éperdue, elle fuit ; elle invoque au hasard
            Et ses sœurs et son père,
            Et contre ta lumière,
Sous l'écorce d'un arbre, elle obtient un rempart.

Daphné n'offre à tes bras qu'une insensible tige,
Et des rameaux sont tout ce qu'ils en cueilleront.
Tes feux, tes propres feux secondent ce prodige.
C'est pour porter le jour dans l'espace profond,
            O suprême poëte,
            Que leur splendeur est faite,
Et non pour éclairer et parer un seul front.

Retourne de l'éther guider les harmonies,
Et, là-haut triomphant, parcours de l'univers,
Sur ton char radieux, les courbes infinies.
A toi l'orbe du monde et l'empire des airs,
            Et sur l'ombre et l'abîme
            Ta victoire sublime,
Et le trône des monts, et la beauté des mers !

7

SONNET CXXIV.

Salut au grand Corneille, à ce chef légitime
Des tragiques français! J'aime ses traits ouverts
Et de son front sacré la candeur magnanime,
Laissant lire aux regards l'âme de ses beaux vers.

O poëte penseur, naïvement sublime,
Discoureur souverain, ta gloire sans revers
Dresse, au milieu des temps, une éternelle cime,
Dont nul vent n'atteindra les rameaux toujours verts.

Et tu connaissais bien cette grandeur suprême ;
Vieux devin, dédaigneux d'un fugitif blasphème,
Tu savais quels autels sacreraient ton honneur.

Et que là, prosternant l'amour-propre et l'intrigue,
Tels que les rois captifs aux genoux de Rodrigue,
Tous tes rivaux vaincus t'appelleraient seigneur.

SONNET CXXV.

Je n'ai pas dissipé mes trésors d'espérance :
Ce pieux héritage enfoui dans mon sein,
Je l'ai su nuit et jour défendre du larcin,
Pareil au laboureur qui veille, en grande transe,

Aux fruits de ses enclos. Le vent de la souffrance
A fait ployer mon front, et son souffle malsain,
Engendrant les ennuis comme un sinistre essaim,
A défleuri pour moi le doux sol de la France.

O terre des aïeux, un oracle moqueur
Est ta seule réponse aux hymnes de mon cœur :
Je t'aime cependant, ô marâtre patrie !

Il est trop vrai, l'espoir est mon unique lot ;
Mais, malgré les langueurs dont ma vie est flétrie,
Je ne dirai jamais que ce soit un vain mot.

SONNET CXXVI.

Enfants, jetez au vent vos rires ou vos plaintes ;
Que l'oubli vous enivre ou le vain souvenir :
Il est, il est encore, aux solitudes saintes,
Des cœurs mâles et fiers qui veulent l'avenir ;

Des esprits que n'ont point aplatis les étreintes
De la commune vie. Ils ont su se bannir,
Pour croître librement, de vos sombres enceintes ;
Mais vous les y verrez quelque jour revenir.

Comme ces nourrissons abandonnés sur l'herbe,
Que Dieu couve au désert dans un dessein profond,
Et qu'une ourse allaita de sa mamelle acerbe,

Lorsque sonnera l'heure, ils vous apparaîtront,
Radieux cavaliers, en armure superbe,
Vaillants, forts et grandis avec un signe au front.

RHYTHME XVII.

SEXTINE.

Dans une mer lointaine, au pays des génies,
Est un golfe interdit au vulgaire travail :
Rien n'y trouble du ciel les chastes harmonies,
Et de ces flots heureux les tempêtes bannies
En laissent aux zéphyrs le transparent émail,
Où la naphte s'épanche, où fleurit le corail.

Là, parmi les courants et les bancs du corail,
Non loin des bords, s'étale une île où les génies
Ont bâti leur villa : dômes, kiosques d'émail,
Piliers, balcons à jour, capricieux travail,
Qu'ils cachent au regard des peuplades bannies.
Heureux encor qui peut ouïr leurs harmonies !

Mais malheur à celui qui, de ces harmonies
Ayant senti l'attrait, aux festons du corail
Amuse trop ses yeux : car ses rames bannies,
Que d'un souffle jaloux repoussent les génies,
S'arrêteront soudain, et l'impuissant travail
De ces ondes à peine aura rayé l'émail.

Parfois, quand le soleil frappe en plein sur l'émail
Des feuillages touffus et peuplés d'harmonies,
Qui bordent cet asile, aux nageurs en travail
Une embrasure d'or fait voir que ce corail,
Si riche et si fleuri, du trésor des génies
N'est rien que le rebut, les parcelles bannies.

Pauvres nefs qui du port êtes aussi bannies,
Regagnez le rivage : un moins splendide émail
Y revêt les jardins ; mais de moins fiers génies
Les gardent. Sur la terre il est des harmonies,
Il est des fruits de miel et des fleurs de corail,
Dont la conquête encor vaut des jours de travail.

Un soir, sur les flots verts qu'a vaincus son travail,
Un chevalier vêtu d'armes d'où sont bannies
Toutes vaines couleurs, arrive ; du corail
Il franchit les brisants ; le soleil, sur l'émail
De son blason, flamboie, et l'île d'harmonies
Redouble : il touche enfin au palais des génies.

Leur reine, lui tendant sa bouche de corail,
Dans ce séjour d'où sont toutes peines bannies,
A de ses jeunes ans couronné le travail.

SONNET CXXVII.

L'air, toute la journée, avait été brûlant :
Sous le ciel inflexible et verdâtre d'orage,
S'amassa, vers le soir, un immense nuage   .
Qui bientôt, déchiré de l'un à l'autre flanc,

En poussière d'éclairs s'écroula tout sanglant.
Le tonnerre, d'un coup, accomplit son ouvrage.
Et déjà les oiseaux chantant sous le feuillage;
Les coteaux essuyés et l'horizon brillant ;

De l'or plein le couchant, et de roses nuées,
Par la brise, en flocons mollement remuées,
Et la fraîcheur qui rit jusque dans les échos.

Et c'est ainsi parfois qu'un seul éclat de foudre,
Dans un cœur accablé, suffira pour résoudre
La fatigue cuisante en un divin repos.

SONNET CXXVIII.

C'est le génie humain, égaré par l'orgueil,
Qui de l'âge sans tache a flétri l'innocence,
Et qui vint, révélant sa stérile puissance,
De la vie éternelle embarrasser le seuil.

C'est lui qui, pour toujours mettant le monde en deuil,
A défloré l'espoir, sublime jouissance,
Et, dédaigneux du ciel que jamais il n'encense,
Pour la terre éperdue en a fait un cercueil.

Mais le foudre vengeur a frappé Prométhée,
Et, sur les rocs fumeux de la science athée,
En présence de Dieu l'a scellé rugissant;

Et là, d'un ongle ardent, le vautour circonflexe,
Fouillant du condamné la poitrine convexe,
Ente au blasphème impie un remords impuissant.

SONNET CXXIX.

Avez-vous quelquefois au silence nocturne
Baigné votre pensée, alors que, sous les cieux,
Dans les riants vallons, sur les monts soucieux,
Palpite seulement l'aile du vieux Saturne?

La Naïade, inclinant la tête sur son urne,
Tamise entre ses dents son souffle gracieux;
Hécate a rappelé ses dogues anxieux,
Qui troubleraient des bois la fête taciturne :

A son repos aimé chassant tout ce qui nuit,
Sur la nature enfin trône l'antique Nuit,
Dans sa robe profonde, et ses froides étoiles.

Et, des roses parfums effaçant la douceur,
Toujours vient s'abriter, parmi ces sombres voiles,
La chaste Paix avec la Prière sa sœur.

SONNET CXXX.

Si vous avez hanté les funèbres décombres,
Où la pariétaire étale ses lambeaux ;
Si vous avez fouillé les gothiques tombeaux,
Tout vides d'ossements, mais encor peuplés d'ombres ;

Et là si vous avez, aux nuits lentes et sombres,
Senti fraîchir sur vous l'aile des noirs corbeaux,
Et des goules, sourdant comme des escarbots,
Ouï, plein de terreur, les lamentables nombres ;

Alors vous comprenez qu'au delà du trépas,
La mort n'est plus qu'un mot et ne subsiste pas.
C'est le détroit fatal et l'infaillible épreuve ;

C'est la porte où, frappés du glaive d'Azraël,
Ceux dont l'âme et la chair d'iniquités s'abreuve
Tomberont, rejetés dans l'exil éternel.

SONNET CXXXI.

Entre tous ces beaux fronts qu'au regard idolâtre
Le bandeau souverain dressa plus radieux,
Pas un mieux que le tien ne fascina les yeux,
Fille des Ptolémée, ô reine Cléopâtre !

Nulle femme non plus, d'une âme si marâtre,
Aux infâmes plaisirs, aux amours odieux
N'a su prostituer l'œuvre pure des dieux,
Et de fange et de sang souiller ce noble albâtre.

Rois, esclaves, guerriers, dans tes sinistres nuits
S'entassaient, sans combler tes voraces ennuis :
Ton étreinte eût brisé les épaules d'Alcide ;

Et, lorsque ta fureur eut perdu son appât,
Tu tendis ta poitrine à l'aspic régicide.
C'était le dernier crime enfin qui te restât.

SONNET CXXXII.

J'ai cherché, comme un autre, à sonder ce symbole,
Ce beau monstre idéal qu'on nomme Don Juan,
Et, lorsque le scalpel s'est brisé sur son flanc,
J'ai contemplé d'en haut sa course vaine et folle :

Alors, ne goûtant plus au miel de sa parole,
Et contre ses regards me faisant un écran,
Dans sa débilité j'ai vu ce fier tyran
Pâlir, et dépouiller la sublime auréole.

Non, tu n'es point le christ d'un impossible amour ;
Du désir égoïste implacable vautour,
On ne doit que mépris à ta souffrance impie.

Les cieux n'ont rien appris de ton courage altier ;
Tu restes de Satan la vulgaire copie,
Et la terre en son sein t'absorbe tout entier.

SONNET CXXXIII.

A la table du Skalde aujourd'hui je m'assieds,
Et je bois avec lui dans la coupe runique
La cervoise écumeuse et l'hydromel antique,
Tel que dans Valhalla les fougueux Einhériers.

J'ai vu, sous le nuage et les rhythmes grossiers,
Poindre encor le rayon de la Triade unique,
Et se perpétuer l'enseignement mystique,
A travers le symbole aux nœuds irréguliers.

Il dit la grande lutte et la triple naissance,
La séparation de l'abîme et des cieux,
Et le temps périssable, et l'éternelle essence :

Car nulle part, malgré les détours captieux,
L'esprit humain, lié par sa propre puissance,
N'a pu créer un dogme en inventant des dieux.

RHYTHME XVIII.

— Disciple de l'Edda, Skalde érudit et grave,
Qui de la bisaïeule as scruté les récits,
Viens, dis-nous quelque chant du mythe scandinave.

Quitte tes noirs sapins, et, sous le hêtre assis,
Aux Francs latinisés raconte les croyances,
Et de leurs fiers aïeux les symboles concis.

Mais le vieillard est sombre, et d'âpres méfiances
Environnent son cœur : le présent odieux
Est venu le troubler de ses expériences.

Vers Odin, Vil et Ve, roi suprême des cieux,
Il n'ira point mener les runes diaphanes,
Ni jusqu'en leurs palais interroger les dieux.

A quoi bon divulguer les glorieux arcanes,
Et de l'ambre idéal exposer les secrets
Au mépris du vulgaire, aux regards des profanes?

Il dit, il chantera les antiques arrêts,
Qui sur le monde errant suspendent la ruine,
Sans cesse ravivés par de nouveaux forfaits ;

Et le dernier assaut de la guerre intestine
Où le Bien et le Mal se reprennent toujours,
Et la solution de la double origine.

Radieux ennemi des iniques détours,
Toi, des airs spacieux souverain légitime,
Fils d'Odin, ô Balder, qui fais luire les jours,

Lève-toi du bûcher où ton père sublime,
Te parlant en secret, lui-même te plaça,
Quand du sombre Hoedur tu devins la victime.

C'est assez méditer le mot que te laissa,
Pour consolation, le maître de la vie,
Et sur lequel souvent le voyant s'exerça.

Vers les champs de Vigrid voici que te convie
Plus d'un symptôme étrange, et que du Ragnarok
De signes rigoureux la menace est suivie.

L'hiver, le triple hiver, qui doit dans un seul bloc
Glacer le monde entier, au fond des cœurs commence,
Et du combat final il présage le choc.

Déjà des noirs géants s'exalte la démence.
Ni ton glaive, Alfader, ni le marteau de Thor
Ne pulvériseront cette révolte immense ;

Ni, Freya, tes attraits avec tes larmes d'or
Des Jotes en fureur n'arrêteront les armes.
Iduna vainement conserve son trésor.

En vain elle t'apporte, à l'appui de tes charmes,
Les pommes de jeunesse et d'immortalité :
Perdus sont tous ses soins et tout l'or de tes larmes.

7.

Tes ailes de faucon, non plus que ta beauté,
Ne te sauveront pas du suprême carnage,
O déesse d'amour et de fécondité !

Et toi, Frey, qui reçus la vigueur en partage,
Comme ta sœur Freya plein de grâce et puissant,
Ton glaive cherche encor à s'ouvrir un passage ;

C'est en vain : pour jamais le printemps est absent,
Et ton sanglier d'or, au lieu de la rosée,
Dans ses bonds radieux ne foule que du sang.

Ases, Alphes, Vaner, votre force brisée
Montre que des humains les jours sont révolus.
Du grand frêne Yggdrasil la séve est épuisée.

Entre l'onde et les cieux, sur ses rameaux perclus
Cesse de pulluler l'essaim des destinées.
L'avenir, le présent, le passé ne sont plus;

Et vous avez vu choir de vos mains étonnées,
O Skulda, Verdandis, Urda, graves Nornor,
Le livre, la balance et la plume obstinées.

Sur le pont de Bifrost Heimdaller veille encor;
Mais du céleste Asgard l'active sentinelle
Pour la dernière fois a soufflé dans son cor.

L'arche où sur le rubis l'améthyste étincelle
Et près de la topaze, émeraude et saphir,
Se détache des cieux et sous ses pas chancelle.

Niordur, maître des vents, roi de la mer, Ægir,
Ases aux blonds cheveux, dieux bons et secourables,
Et vous, blanches Disar, je vous vois accourir :

Frigga, reine du ciel dont les mains favorables
Protégent les époux et les moissons des champs;
Et Lofna qui préside aux nœuds inviolables;

Et Nanna, de Balder épouse aux traits touchants,
Qui, mortelle, a gagné la couronne splendide
Par ses douces vertus, dignes des plus beaux chants;

Et des vierges encor la gardienne et le guide,
Géfion; et Saga qui, sur son bouclier,
Grave les jugements de l'histoire rigide;

Et Var qui des serments et de l'honneur altier
Défend l'intégrité; puis les trois Valkyries,
Hilda, Mista, Rota, propices au guerrier.

Sur leurs chevaux ailés ces vierges aguerries
Descendent aux combats, et choisissent les preux
Dont un trépas sanglant a dompté les furies.

Les héros dans Asgard revivent, et, sur eux,
Eir, de ses douces mains versant la betterave,
Répare de leurs corps l'outrage douloureux.

Mais ici le péril est plus vaste : il enclave
L'espace entier, la terre et les palais divins.
La bataille qui vient peut troubler le plus brave.

Ils ont, ils ont pour elle oublié leurs festins,
Ces vaillants Einhériers, ces élus magnanimes.
Le glaive ne s'est pas éloigné de leurs mains.

Avec eux de Trudvang abandonnant les cimes,
Thor, sur le char doré que traînent deux boucs blancs,
Brandissant ton miœlner, à frapper tu t'animes.

Roidis le megingard à l'entour de tes flancs :
Qu'il rende sous ses nœuds tes forces centuplées ;
Arme tous tes éclairs et tes foudres sanglants.

Voici que, pour guider vos bandes rassemblées,
Odin, chef des héros, le puissant Alfader,
Quitte du Valaskalf les salles constellées.

Descendu de son trône, il appelle Sleipner,
Blanc cheval qui combat sous son maître, et devance,
Dans sa course aux huit pieds, la tempête et l'éclair.

Les deux loups Freke et Gere, avides de vengeance,
L'accompagnent, ainsi que ses deux noirs corbeaux,
Munin qui se souvient, Hugin, celui qui pense.

Venez tous, laissez là vos jeux et vos travaux.
Prends le clairon au lieu de la harpe chérie :
Tu n'as plus, ô Bragur, à charmer les héros.

Mimer, ton éloquence à jamais est tarie,
Et Forsete, à l'appui de ses arrêts sacrés,
N'ira plus invoquer ta savante industrie.

Partout, sous les efforts des Jotes abhorrés,
Le noir torrent du Mal déborde sur le monde.
Il n'est plus maintenant de monstres ignorés.

Tout ce que de funeste, et d'horrible et d'immonde,
Avaient enveloppé les cavernes d'Utgard
A bondi de l'abîme et de la nuit profonde.

A la face du jour affrontant le regard,
Les féroces géants et jusqu'aux nains difformes
De leurs âpres déserts ont franchi le rempart.

L'espace est assourdi de hurlements énormes,
Et, comme si les monts se soulevaient dans l'air,
On voit partout grandir d'épouvantables formes.

Ce sont au premier rang les cruels Rimthusser
Qui des glaçons du pôle ont bâti leurs armures :
Et Gymer, et Beli, Ringrim, Thiasse, Thrymer ;

Et des Alfes déchus les familles impures,
Et ceux de Niffelheim, le pays des frimas,
Tous de l'antique Ymer affreuses génitures :

Hrosvelger qui, des flots soulevant les amas,
Fait, de ses ailes d'aigle, éclater la tempête,
Et qui remplit sa faim des restes du trépas.

Et Vaftrudner levant une orgueilleuse tête,
Où, sur un tronc rocheux et de mousse épaissi,
S'unit la forme humaine à celle de la bête.

Plus sauvage que tous, plus implacable aussi,
Loke, le roi d'Utgard, ameute et précipite,
Avec sa voix d'airain, tout ce peuple endurci.

Vous ne dédaignez pas de ramper à sa suite,
Vous de l'esprit de ruse et de l'impureté
Enfantements hideux, race trois fois maudite :

Fenris, loup déchaîné dont la voracité
S'attaque jusqu'aux dieux, et s'embrase, et menace
De réduire en lambeaux le ciel décapité ;

Et toi dont l'Océan avait restreint l'audace,
Serpent aux longs replis, immense Jormungard,
Qui veux qu'enfin la terre en ton ventre s'efface ;

Et toi, leur digne sœur, squelette au front hagard,
Aux longues dents, Héla qui sans cesse dévores
Les enfants des humains, les hôtes de Mitgard.

Il n'est plus cet empire aux rivages sonores,
Où fleurirent les fils du frêne et du rosier,
Pays des jours féconds et des belles aurores.

Sous le poids dévorant du fléau meurtrier
La terre, et ses forêts, ses moissons, ses collines,
A disparu broyée, aplanie en entier.

Vigrid, le champ fatal s'étend sur ses ruines,
Immense et froide arène où viennent se heurter
Les hordes des géants aux cohortes divines.

Hélas ! l'univers même a cessé d'exister.
Les dieux et les héros, déniant leur défaite,
En vain contre le Mal ont tenté de lutter :

Le Mal a triomphé ; sa victoire est complète,
Et, vaincus et vainqueurs, tout est anéanti.
Pas un des combattants n'a trouvé de retraite.

Au ventre de Fenris Odin fut englouti,
Et du géant Surtur la flamboyante épée
Écrasa sous ses coups le céleste parti.

De flammes et de sang une pluie échappée
A noyé tout le reste, et la vie a cessé.
Le néant en a clos la terrible épopée.

Mais, en dehors des temps et des choses placé,
Vidar subsiste : il est l'éternelle sagesse,
Et, comme à l'avenir, il commande au passé.

Que du tombeau fatal Odin sorte et renaisse !
Que les dieux, les héros, les hommes épurés
Ressuscitent, vêtus d'éternelle jeunesse.

De la lutte à jamais ils vivent délivrés.
Gimleh s'ouvre pour eux, inviolable asile,
Où d'un jour sans déclin leurs yeux sont éclairés.

Le mensonge, la haine et l'impureté vile
N'ont plus même de nom dans l'univers nouveau,
Non plus que la douleur et la nuit inutile.

Tous leurs sombres agents, tout l'infâme troupeau
De ces êtres que l'ordre et la lumière irrite
Est resté dans l'oubli, son éternel tombeau ;

Et le destruction à jamais est détruite.

SONNET CXXXIV.

Comme une nuit profonde où passent des éclairs,
Qui soudain font courir, sous leurs lueurs sauvages,
En bizarres contours les champs et les ombrages,
Et s'exhausser d'un jet la coupole des airs ;

Ainsi de nos aïeux les symboles ouverts
Laissent, dans leur chaos plein d'étranges images,
Du livre primitif tournoyer quelques pages,
Dont les mots entrevus jettent des sens divers.

Ces coups d'œil de lumière âpre et déchiquetée
Ne sauraient fournir seuls une idée arrêtée,
Ni tracer le chemin à l'esprit haletant ;

Mais, si déjà le jour au voyageur qui doute
Éclaira les objets, son regard à l'instant
Reconstruit l'horizon et ressaisit la route.

SONNET CXXXV.

Un soir que la marée était haute et la lune
En son plein, j'allai seul au rivage. La mer
S'endormait comme un lac. Arrêté sur la dune,
Tandis que sous mes pieds râlait le gouffre amer,

Mes yeux plongeaient au loin. Une idée importune
En sa spirale acerbe alors vint m'enfermer :
De l'Océan ces flots n'étaient qu'une lagune,
Un coin où mes regards s'épuisaient à ramer ;

Mais, eût-on l'hippogriffe avec le cœur d'Astolfe,
Sans l'embrasser jamais, on franchirait le golfe.
Le jaloux horizon partout borne nos pas...

Et l'esprit a le sien aussi : car la pensée,
Toujours de sphère en sphère à la cime élancée,
Arrive à l'infini, mais ne le comprend pas !

SONNET CXXXVI.

Hors la plainte et le deuil au monde rien ne dure.
Depuis le jour fatal où j'ai dit à l'amour
Un éternel adieu, depuis ce triste jour,
J'ai vu mourir, renaître et passer la verdure :

Un an ! Et cependant ma main sur ma blessure
Ne pose qu'en tremblant, et, comme dans sa tour
Veille un soldat hargneux, je regarde à l'entour,
Croyant qu'à ma misère on veuille faire injure.

J'ai souffert d'autre part ; mais les déceptions
Que le monde gardait à mes ambitions
N'ont pu m'intéresser à d'infimes épreuves.

Il est quelques douleurs que le temps n'use pas,
Et Dieu seul peut combler les âmes vraiment veuves,
Qui n'ont plus de désir ni de crainte ici-bas.

SONNET CXXXVII.

Il est passé, le temps des amoureux symboles ;
De l'autel idéal le voile est déchiré,
Et les rayons brûlants de l'ostensoir sacré
Ont fait des plus beaux fronts tomber les auréoles.

O filles de Psyché, transparentes idoles,
De vos attraits vivants le poëte sevré
Bondira-t-il plus vite au trajet azuré,
Où votre souffle aidait l'aile de ses paroles ?

O Laure, ô Béatrix, ô Muses, désormais
Comment parviendra-t-il à vos chastes sommets,
S'il n'est plus ici-bas de flambeau qui le guide ?

O Dieu, donne-nous donc, pour t'arriver d'un trait,
Avec le champ plus vaste et l'élan plus rapide,
La foi toujours croissante et que rien ne distrait.

SONNET CXXXVIII.

Un soir nous cheminions tous deux sur le rivage.
L'air était calme et pur. Au repos de la nuit
Le vent n'entremêlait nul incommode bruit,
N'apportait sous l'azur nul sinistre nuage.

Et celui dont la voix exalte mon courage
Me dit : Regarde, ami, ce beau ciel qui nous luit.
C'est là, si le malheur s'obstine et nous poursuit,
Que des empêchements notre esprit se dégage.

Nous parlâmes alors des sublimes espoirs,
Et nous vîmes tomber un coin des voiles noirs
Où s'éclipse à nos yeux l'éternelle lumière ;

Et nous sentant ainsi monter d'un vol pareil,
Nous comprîmes, joyeux, que notre heure dernière
Nous ravirait ensemble au terrestre sommeil.

SONNET CXXXIX.

La vérité l'a dit, le succès d'ici-bas
 N'est rien qu'une étoupe enflammée,
Dont l'aquilon bientôt a vaincu les éclats,
 Et chassé toute la fumée.

Suis ton œuvre, ô poëte, et ne t'informe pas
 Des secrets de la renommée.
Ton âme à ce vain bruit ne trouve point d'appas,
 D'un plus haut désir consumée.

La gloire que tu veux c'est ce divin flambeau,
Qui, soudain jaillissant dans la nuit du tombeau,
 Donne à la mort une auréole.

Ce jour mystérieux de l'immortalité
 Pour ton esprit est le symbole
De ses destins cachés et de l'éternité.

SONNET CXL.

De Pétrarque et de Dante on profane les traits ;
On nous fait de leur âme un vulgaire poëme,
Et Laure et Béatrix ne seraient, ô blasphème !
Que de mortels flambeaux et de rares attraits.

C'est au ciel qu'il nous faut demander vos secrets,
O sublimes prôneurs de la beauté suprême !
Ce mystique soleil qui brûle par lui-même
A des yeux féminins n'emprunte point ses traits.

Sous ces noms éloquents dont la foule s'amuse,
Vous n'imploriez vraiment que l'éternelle Muse,
Et l'Amour à vos fronts n'a ceint que des lauriers.

L'esprit qui se suspend à l'échelle angélique,
Désormais repoussant les terrestres sentiers,
Aux célestes désirs uniquement s'applique.

SONNET CXLI.

Pétrarque nous a fait le tableau d'un vieillard
Qui, de l'âge sentant venir le dernier terme,
Rassemble ses enfants, et là, prudent et ferme,
Des biens et des conseils fait à chacun sa part.

Puis il leur dit adieu, prend son bâton, et part.
De la douce famille et de l'antique ferme
Il s'éloigne, et son cœur dans son désir s'enferme.
Il se hâte, craignant qu'il ne soit déjà tard.

Quand le blanc pèlerin fut à Rome la sainte,
Il mourut, en voyant l'image de celui
Qu'il allait retrouver dans la céleste enceinte.

O Poésie, ainsi, repoussant toute crainte,
Je m'achemine au but d'où ton éclair m'a lui.
Que la mort jusque-là suspende son atteinte.

SONNET CXLII.

— Avant d'aller te perdre en la cité du monde,
Repose ici tes pieds, jeune et bel étranger.
Vois : toutes les saisons enchantent ce verger.
Quel fruit veux-tu cueillir? Est-ce la grappe blonde ?

La pêche au teint brillant, la pomme lisse et ronde,
Offrant aux doigts épris son incarnat léger?
Ou bien ces grains vermeils qui laissent surnager
Un parfum sur leurs sucs dont le palais s'inonde?

Viens : la figue qui dort sous le feuillage noir,
Tout à coup éveillée aux longs rayons du soir,
Va te livrer son miel et sa pourpre secrète.

Ainsi chante aux enfants l'adultère beauté ;
Et malheur! car la lèvre, en sa fauve retraite,
·Toujours suce la mort avec la volupté.

SONNET CXLIII.

Lorsque Pétrarque, à l'âge où tout se décolore,
Poursuivant l'hymen saint de ses belles amours,
. Aux vallons que la Sorgue enchante dans son cours,
Sentait de son printemps l'antique brise éclore,

Et qu'à travers le voile empourpré de l'aurore,
Il voyait redescendre en célestes atours,
Ou, dans les sentiers verts éclaircis aux détours,
Comme une déité, venir sa blonde Laure ;

Certes, si des hivers son corps était flétri,
Si sa tempe était blanche et son sang appauvri,
Son cœur gardait toujours une immortelle séve.

De l'amour idéal prodige glorieux,
Qui commence sur terre, et, triomphant, achève
Son invincible essor dans l'infini des cieux.

SONNET CXLIV.

TRADUIT DE MICHEL-ANGE.

Du monde il descendit aux aveugles abîmes,
Vit l'un et l'autre enfer ; puis, sa pensée au ciel
L'emportant tout vivant, il connut l'Éternel,
Dont il nous a donné des clartés légitimes.

Étoile de vertu dont les rayons sublimes
Vers les secrets divins guidèrent l'œil mortel,
Il en obtint le prix qu'un peuple criminel
Souvent garde aux meilleurs d'entre les magnanimes.

Dante a vu ses travaux méconnus, sans éclat,
Et son grand cœur honni de ce vulgaire ingrat,
Qui pour les justes seuls manque de révérence.

Mais, avec son génie, oh ! que ne suis-je né !
Je paîrais son exil et son âpre souffrance
Du plus haut rang du monde et du plus fortuné.

SONNET CXLV.

Ainsi, jeune et sans nom, le hardi Michel-Ange,
Même au prix de l'exil et d'un oubli fatal,
Enviait le destin du maître sans rival,
Qui depuis cinq cents ans de ses bourreaux se venge.

Il n'eut point à gémir de cet orgueil étrange ;
Il devint grand, puissant, et la griffe du mal
Ne put le dépouiller de son manteau royal :
Sa gloire pour les yeux demeura sans mélange.

Toutefois, il l'a dit, il ne fut point heureux.
Rien ne saurait combler le vide douloureux
Qui tient l'esprit de l'homme isolé sur la terre ;

Et nous devons sans doute, avides de réveils,
Regarder le malheur comme un bienfait austère,
Qui tranche de l'ennui les sinistres conseils.

SONNET CXLVI.

Au lieu d'être un rêveur ou peut-être un poële,
Si vous l'aviez voulu, j'eusse été seulement
Heureux à vos genoux, heureux en vous aimant.
Mais qu'était-ce pour vous que cette humble conquête?

Pour de plus hauts destins vous aviez été faite :
A votre orgueil épris d'un tout autre aliment
Il fallait un amour qui, comme un diamant,
De vos brillants attraits pût rehausser l'aigrette.

Je bénis aujourd'hui celui qui, loin de moi,
Détourna vos aveux, égara votre foi.
J'ai senti d'assez près le vent de l'anathème.

O honte! pour ramper sous des baisers menteurs,
J'aurais pu, dégradé de ma volonté même,
Oublier de l'esprit les célestes hauteurs !

SONNET CXLVII.

Dans l'œuvre universelle il n'est rien d'isolé :
Le métal en cristaux végète et s'organise;
La fleur a ses amours, et le ver qu'on méprise,
Transformé lentement, dans l'air s'est envolé.

Des antres souterrains jusqu'au gouffre salé,
Tout s'enchaîne, se suit, se déduit, s'harmonise.
Dans la création il n'est point de méprise,
Et l'homme, en aspirant au séjour étoilé,

Relie aussi ce globe aux éclatantes sphères ;
Et tout ce que son être enferme de mystères,
Ces révélations qu'on prend pour des hasards,

Ces pouvoirs incomplets, ces éclairs prophétiques,
Montrent, en approchant des races angéliques,
De sens plus étendus les rudiments épars.

SONNET XLVIII.

Non, la Forme, idéal de la pensée altière,
Que l'artiste voyant incessamment pétrit,
Qu'exalte le poëte et que l'amant chérit,
N'est point inféodée à l'aveugle matière.

Elle n'a pas besoin ni de chair ni de pierre :
Elle est par elle-même, et s'allie à l'esprit.
Vainement pour les yeux elle change et périt,
Elle vit immortelle ainsi que la lumière.

Ce corps spirituel dont nous parle saint Paul,
Et qui doit avec l'âme un jour prendre son vol,
C'est bien la Forme enfin épurée, immuable.

Dans l'homme complétant une autre trinité,
De la Trinité sainte image véritable,
Elle devient le sceau de notre éternité.

SONNET CXLIX.

A M. LE Mᶦˢ A. DE BELLOY.

Ami, défions-nous de tout amour des choses.
Sachons nous délivrer de ces objets païens
Dont la terre après nous fait traîner les liens,
Et d'où sont dans nos jours tant de fautes écloses.

Oui, s'il le faut, jetons au feu jusqu'à ces roses,
Ces lettres, ces cheveux, frêles et derniers biens,
Dont l'aspect, trop fécond en lâches entretiens,
Fixe le doute au sein de leurs retours moroses.

Tout regret est impie, et tout regard jeté
En arrière est mauvais. Seule, l'éternité
Doit avoir nos soupirs. C'est là le but suprême.

Que notre œil désormais y demeure fixé.
Marchons libres et forts. Notre âme en elle-même
Comme son avenir enferme son passé.

SONNET CL.

Non, Dieu n'a pas donné la puissance aux poëtes,
Pour faire à nos regards grimacer les démons,
Et, raillant sans pitié tout ce que nous aimons,
De doutes et d'ennuis remplir les pauvres têtes.

Autre est leur mission. Héritiers des prophètes,
Qu'ils aillent retremper à la cime des monts
La céleste espérance où nous nous consumons.
Que leurs chants soient l'écho des angéliques fêtes.

Certes, s'il est un crime indigne de pardon,
C'est celui qui, du ciel souillant le plus beau don,
Aux voûtes de l'enfer enfouit l'harmonie ;

C'est l'abdication de ces rois de l'esprit
Qui, sous l'orgueil terrestre abaissant leur génie,
Soumettent à Satan les fils aînés de Christ.

SONNET CLI.

Que les heures sur nous se traînent lentement,
Et des ans écoulés qu'il survit peu de chose !
L'avide impatience et le regret morose
Nous abusent ainsi jusqu'au dernier moment.

Que le passé du moins soit un enseignement.
Loin du maigre avenir où la terre est enclose,
Aux éternels espoirs quand l'esprit se repose,
L'âge n'a plus de sens, et le sablier ment :

Car le fleuve des jours ne connaît point de digue.
Ses flots se tiennent tous. L'homme en vain se fatigue
A vouloir en compter les ondulations.

Le temps n'est pas la vie, et nous avons notre âme
A sonder. Veillons-y. N'encourons pas le blâme
De la laisser combler aux viles passions.

SONNET CLII.

O mes sœurs, quand, lassé des luttes infécondes
Où la vie à plaisir me roule et me pétrit,
Je sens dans mon cerveau tournoyer mon esprit,
Comme un oiseau blessé que fascinent les ondes;

Fuyant alors Paris et ses clameurs immondes,
J'accours auprès de vous ; et votre œil qui me rit,
Votre salut charmant à l'instant me guérit
Du fiel dont me souillaient mes souffrances profondes.

Content que vous m'aimiez, pour toutes mes douleurs,
Faible, je n'ai jamais sollicité vos pleurs.
Vous savez, vous aussi, qu'on souffre sans se plaindre.

Je vous vois : c'est assez, magnanimes enfants,
Et mon cœur désormais n'a plus besoin de feindre,
Pour défier du sort les assauts triomphants.

SONNET CLIII.

Je me suis arrêté dans ces plaines salées,
Que le Rhône et la mer ballottent constamment :
Là, des étangs trompeurs où brille le flamant
Se courbaient devant moi les grèves désolées;

Et là les eaux partout à la terre mêlées ;
Les pacages jonchés où paissent lourdement
De farouches troupeaux, et le pâtre dormant
Sur son bâton de houx rapporté des vallées.

Au bord du fleuve alors je retournai m'asseoir;
A travers les roseaux et sous le figuier noir,
Je regardai passer, abandonnée et morne,

Cette onde qui naguère allait tout engloutir,
Et je dis : C'est ainsi que la fatigue borne
L'ambition toujours si fougueuse à partir.

RHYTHME XIX.

Étant un soir tout seul à la fenêtre,
Il m'apparut tant d'objets merveilleux,
Que pour beaucoup j'eusse désiré d'être
Avec quelqu'un, n'en croyant pas mes yeux.
Je vis d'abord une blanche gazelle
Sortir d'un bois : sur l'herbe encor nouvelle,
Sur les buissons, le gentil animal
Triait les fleurs. Moi, sans songer à mal,
Je l'appelai ; mais une horrible bête
Vint à sa place, et, redressant vers moi
Les yeux hagards de son énorme tête,
Me répondit d'un menaçant aboi
Qui me remplit de tristesse et d'effroi.

Je vis ensuite une voile dorée,
Qui sur la mer glissait obliquement,
Et ressemblait, par la brise échancrée,
Au blond croissant qui vogue au firmament.
La nef montrait de grands rebords d'ivoire
Épanouis sur sa carène noire,
Et des agrès aux soyeuses couleurs,
Comme effilés d'une étoffe de fleurs.
Je saluais son heureuse venue,
Lorsque soudain dégorgea de ses flancs,
A bruit sinistre, une poudreuse nue
Qui se roula sur mes membres tremblants,
Et m'imprégna de miasmes sanglants.

Sur le bosquet qui coiffe la colline,
Un beau laurier suspendait ses rameaux.
Le vent faisait de l'aigrette argentine
Sous le soleil pétiller les émaux,
Et m'apportait, mêlée à la musique
Des oisillons, une odeur balsamique
Qui me ravit. Et je dis en mon cœur :

8

Arbre sacré, bienheureux le vainqueur
Dont tes bourgeons tresseront la couronne !
Hélas, hélas ! ce n'était plus déjà
Qu'un tronc noirci, gluant, et qu'environne
Un lourd serpent qui vers moi s'allongea,
D'où mon plaisir en horreur se changea.

D'un rocher vert clairement égouttée,
Une eau d'argent filtrait dans le gazon,
Éparpillant à la rive abritée
Ses fleurs d'azur et sa fraîche chanson.
Les chèvre-pieds turbulents, ni les pâtres
Ne hantaient point ces demeures bleuâtres :
C'étaient toujours des groupes ingénus,
Des chœurs dansants de nymphes aux bras nus ;
Mais, quand j'allai pour m'asseoir sous l'ombrage,
Je ne trouvai qu'un marécage infect,
Des joncs velus, une fange sauvage,
D'où m'observait quelque reptile abject,
Et je m'enfuis à ce hideux aspect.

Du haut des airs descendait sur ses ailes
Cet oiseau d'or qui naît au paradis,
Et l'on eût dit, à voir les étincelles
Qui frémissaient sur ses flancs arrondis,
Que du soleil quelque habitant splendide
Venait toucher à notre terre aride.
Béni sois-tu, céleste messager !
Viens te poser sur ce bel oranger
Dont les parfums rappellent ta patrie ;
Viens... Mais, grand Dieu, le phénix n'était plus
Qu'un hibou noir, tournoyant et qui crie :
Présage sombre à troubler les élus,
Qui me laissa jusqu'en l'âme perclus.

Voilà qu'enfin passe une belle dame,
Dans la vallée où chantent les oiseaux.
Parmi les fleurs et l'herbe qui se pâme,

Ses petits pieds semblent deux tourtereaux,
Lorsque, amoureux, tour à tour ils se suivent ;
Son ample jupe, où ses formes décrivent
Des arcs moirés, est un tissu changeant
De neige et d'or ; un long voile d'argent,
Flottant plus haut, dérobe son visage.
O douce Aura, viens seconder le sort :
Avec ton souffle écarte ce nuage.
La brise alors, venant un peu plus fort,
Me montra... quoi? La face de la Mort.

O ma chanson, certes, tu peux le dire.
Fidèlement, dans ces six visions,
La Muse aidant, j'ai décrit le martyre
Qu'a fait subir à mes illusions
Un monde amer, plein de déceptions.

RHYTHME XX.

SEXTINE.

On disait que l'amour n'était pas éternel;
Que mon âme oublierait sa pâle fiancée :
L'abeille ranimée au regard d'un beau ciel,
Sur d'autres seins de fleurs retrouve un nouveau miel;
Mais, dans les champs amers où tourne ma pensée,
Rien ne peut adoucir ma tristesse insensée.

J'ai bien vu dès l'abord qu'elle était insensée
Cette dévotion qui, d'un hymne éternel,
Étourdissant mon âme et glaçant ma pensée,
N'exaltait qu'une idole, indigne fiancée
Dont la bouche m'était meilleure que le miel,
Et les yeux plus divins, plus puissants que le ciel.

Cette bouche pourtant était froide, et du ciel
Ces beaux yeux n'avaient rien que l'azur. Insensée,
Mon âme en amertume a changé tout son miel,
Et peut-être vivra dans un trouble éternel,

Pour avoir abdiqué, pour s'être fiancée
A ce marbre infécond, sans souffle ni pensée.

Tout le jour cependant présente à ma pensée,
Quand la nuit, se taisant, règne au faîte du ciel,
Si je m'endors enfin, la morne fiancée,
Lentement se baissant vers ma couche insensée,
Tient mon sein éveillé de son poids éternel.
Loin sont les doux sommeils et les songes de miel.

Oh! sous des cheveux blonds, chaste ruisseau de miel,
Ce front charmant aux yeux, charmant à la pensée,
Et ces lèvres que dore un sourire éternel,
Ces yeux purs où toujours on voit s'ouvrir le ciel!
Hélas, vous avez fui de ma route insensée,
De mon premier désir, ô vierge fiancée !

Et quand le sort cruel donna pour fiancée
A mon désir, jadis épris d'un autre miel,
Donna, pour le railler, une image insensée,
Rien n'en peut détourner ni guérir ma pensée.
Par ce spectre jaloux qui me cache le ciel
Ma vie est condamnée au veuvage éternel,

De l'éternel désir suprême fiancée,
O Mort, le ciel te rend plus douce que le miel
Pour ma pensée encor plus lasse qu'insensée.

SONNET CLIV.

Dans le chêne qui creuse ou sous les toits de chaume,
Le passereau, l'hiver, trouve un fidèle abri ;
Et, lorsque de nouveau le printemps a souri,
La forêt aux ramiers offre son vaste dôme.

Le chevreuil languissant sait démêler le baume
Et la source cachée où son mal est guéri,
L'homme, hélas ! est le seul dont la voix ou le cri
Se perde sans échos au terrestre royaume.

Élève-toi, mon âme, au-dessus des douleurs
Où ce corps impuissant veut condamner tes pleurs ;
Cherche au giron divin ton éternel asile :

Tu ne saurais borner tes désirs ici-bas ;
Tu n'es point de ce monde, et le ciel qui t'exile
D'accidents passagers ne s'inquiète pas.

SONNET CLV.

Nécessité, le jour que tu m'auras dompté,
Que tu verras cette âme où tant de noir s'amasse
Renoncer à la lutte et te demander grâce,
Tu pourras t'applaudir, ô sombre déité :

Car, ce jour-là, sera sous tes pieds arrêté
Un athlète assez fort, de ceux que la menace,
Ne sait point étonner, et qui, vaincus sur place,
Se rendent par ennui, mais non par lâcheté.

Fuis alors loin de moi, fuis, ô ma bien-aimée,
O belle poésie, et de ce cœur flétri
Cache sous ton dédain la cendre envenimée.

Tu laisseras pourtant, de ton céleste abri,
Une larme tomber sur ma main désarmée :
J'ai fait ce que j'ai pu pour ton culte chéri.

8.

SONNET CLVI.

Puisque, troublant toujours nos pieuses études,
Le monde à nos regards fait trembler le grand X,
Et dans les cieux voilés revoler Béatrix,
Cherchons plus loin encor d'austères solitudes.

Écartons-nous surtout des viles habitudes.
Aux syrtes de Lybie, aux cavernes d'Éryx
Des dipsades, des dards, des sepes, des natrix
Moins hideux sont les coups et les poisons moins rudes.

Quand chacun se tient ferme et combat à son rang,
Malgré les vents de flamme et les torrents de sang,
On doit suivre sa route et mourir en silence ;

Mais quand tout se débande, et que la foule émeut
L'air de ses cris peureux, alors, baissant sa lance,
L'intrépide guerrier se fait jour comme il peut.

SONNET CLVII.

Point d'adieux, point d'adieux à cette froide cave
Où j'ai heurté dix ans ma tête aux soupiraux,
Et collé mon visage aux humides barreaux,
Sans pouvoir échapper à l'ombre qui m'enclave !

Que ne puis-je en partant, comme une ardente lave,
Écraser l'industrie avec tous ses héros,
Instruments de torture et stupides bourreaux,
Qui font d'un homme libre un misérable esclave !

Oui, oui, je m'en irai, sans retourner le front ;
Et le jour sera beau quand mes yeux ne verront
Rien qui m'irrite encore et ressemble à la France.

Et pourtant, quelque jour, malgré cet interdit,
Il faudra revenir, plein d'une autre souffrance,
Embrasser en pleurant ce rivage maudit.

SONNET CLVIII.

Souvent, aux vieux pays de France ou d'Allemagne,
Un chevalier troublé d'un amour sans objet
De son harnais de guerre un matin se chargeait,
Et s'en allait au loin chercher une compagne.

Derrière lui fuyait l'ombre de sa montagne.
D'horizon, de climat et de langue il changeait,
Jusqu'au jour où son âme à jamais hébergeait
L'ange qui mettait fin à sa noble campagne.

Ainsi, m'aventurant aux plages d'outre-mer,
J'y compte retrouver cette épouse de fer
Que de ma destinée une erreur a disjointe.

Épée, on peut sur toi reposer ses amours :
Car, sanglante et ternie, un éclair à ta pointe,
Pour répondre au regard, se redresse toujours.

SONNET CLIX.

Intrépide animal, cheval, toujours debout,
Du conquérant hardi Dieu te fit le ministre :
Il brûle vos regards du même feu sinistre ;
Il verse entre vos dents cette haleine qui bout.

Plongeant sur les carrés que le sabre décout,
L'héroïque sueur blanchit ton poil de bistre.
C'est le cri du clairon, et non l'accord du sistre,
Qui réjouit tes flancs et que tu veux partout.

Tu hennis quand, sifflant, passe l'essaim des balles,
Et le sang t'est plus doux que l'odeur des cavales.
La mort même sourit à ton aveugle foi.

Sans crainte ni souci tu traverses la terre :
Car l'ange du Très-Haut met son glaive sur toi,
De fougue et de ravage implacable mystère !

SONNET CLX.

A. M. LE Mⁱˢ A. DE BELLOY.

C'est donc moi maintenant qui suis le pèlerin,
Frère, et c'est à ton tour de rester solitaire.
A toi l'étude calme et le travail austère,
La lente promenade et le repos serein.

Pour moi, débarrassé de mon inerte frein,
Je traverse les flots, et vais courir la terre,
Et chercher s'il n'est point là-bas quelque cratère
D'où puisse rejaillir la sandale d'airain.

Plus heureux et plus jeune, épris de la nature,
C'était toi qui jadis allais à l'aventure,
Tandis que je restais, la tête dans ma main ;

Mais si notre existence est encor séparée,
Tu le sais, cher Auguste, il est une contrée
Où nous aurons toujours fait le même chemin.

SONNET CLXI.

Vous êtes le Dieu fort et le Dieu des batailles,
Éternel, et c'est vous qui, ceignant à Japhet
Le glaive qui de Sem a puni le forfait,
Endurcîtes au sang ses mains et ses entrailles.

Pour garder leurs tribus et leurs saintes murailles,
Des brames, des rabbins la voix fut sans effet,
Et le pâle vengeur a dit : Mon œuvre est fait.
De ses yeux tomberont les dernières écailles.

Vos mystères, Seigneur, et la guerre en est un,
Ne nous sont révélés qu'au moment opportun ;
Vous possédez le but en ouvrant une voie.

Nous savons seulement, et pour nous c'est assez,
Que vos fléaux ne vont qu'où votre œil les envoie :
Vous ne détruisez point ceux que vous punissez.

SONNET CLXII.

Vers les mois de septembre ou de mars, dans la brume,
On voit souvent des jours s'éteindre tout entiers,
Et quelquefois, à l'heure où rentrent les bouviers,
On voit rougir le soir sous le brouillard qui fume.

Le ciel en un clin d'œil s'éclaircit et s'allume.
Le soleil, comme un roi couronné de lauriers,
Sous un dais d'écarlate apparaît. Ses coursiers
Sont couchés à ses pieds dans la sanglante écume.

La terre, saluant le vainqueur radieux,
Suspend à son triomphe et les cœurs et les yeux
Oublieux jusque-là de sa course sublime;

Et, lorsqu'il disparaît, de sa gloire entouré,
Longtemps, comme au-dessus d'un tombeau magnanime
A l'horizon encor flotte un voile empourpré.

SONNET CLXIII.

Ainsi Nécessité, de son poignet de fer,
Sur l'arène du sort, où meurt la poésie,
Clouant le char lancé de notre fantaisie,
Vient entraîner le champ qui nous était offert.

Quoi, ne jamais souffrir que ce qu'on a souffert,
Et vieillir sans retour, l'âme d'ennui saisie,
Quand peut-être, du ciel d'Amérique ou d'Asie,
A nos jours rajeunis souriait Lucifer !

Mais ne blasphémons pas. C'est toujours de nos crimes,
Lorsque nous nous plaignons, que nous sommes victimes.
Dans ses rigueurs surtout Dieu doit être adoré.

Ils sont encor ses fils ceux que sa main châtie :
Tant que nous la sentons sur nous appesantie,
Notre éternel salut n'est pas désespéré.

SONNET CLXIV.

A M. G. SEGAUD.

Je partais, le cœur plein d'une triste amertume,
Et si découragé qu'un seul rayon d'espoir
Me faisait affronter plus de doute et de noir,
Que de mes jours entiers n'en comporte la brume.

Je m'en suis revenu comme un mort qu'on exhume,
Brisé, me laissant faire et ne sachant plus voir
Vers quels sentiers marqués m'appelait le devoir.
Dieu soit loué, voici que le jour se rallume !

Enfant, pour ranimer mon courage abattu,
Votre jeune amitié ne fut pas sans vertu.
J'accepte, avec ce don, la force qu'il m'impose.

Je marcherai, j'irai vous montrer le chemin,
Afin qu'à votre tour, lorsque, las et morose,
Je voudrai m'arrêter, vous me tendiez la main.

SONNET CXLV.

A M. LE Mⁱˢ A. DE BELLOY.

Nous voici l'un et l'autre à ce point de la vie,
Où, pour se recueillir, on s'arrête un moment ;
Réflexion sévère, et qui doit justement,
Sous ses décisions, tenir l'âme asservie.

A tous ces plaisirs faux que plus jeune on envie,
Au désir qui nous trompe, à l'espoir qui nous ment,
Notre pensée oppose un long détachement,
Et, si d'un seul regret elle était poursuivie,

Ce serait pour l'amour, précieux souvenir.
Ah ! sans le regretter, nous pouvons le bénir :
Il nous apprit l'oubli des choses de la terre ;

Frère, mais ce n'est là que le premier jalon
D'une route infinie où tout devient austère.
La montagne à présent nous dérobe au vallon.

SONNET CLXVI.

Au banquet des élus celui qui se prépare,
De la robe de lin s'il ne peut se vêtir,
Doit prendre pour manteau la pourpre du martyr.
Dans un pareil festin qui pourrait être avare ?

Et tant que de la foi l'on voit rougir le phare,
Que l'on entend gronder la voix du repentir,
Jeunesse, espoir, trésors, tout peut s'anéantir :
Ce naufrage, un seul jour, un instant le répare.

Que notre nudité, triste et honteuse à voir,
Ne nous fasse donc pas hurler de désespoir :
Le Seigneur est toujours plein de miséricorde ;

Mais versons à ses pieds, comme un flot renaissant,
Les larmes de notre âme, afin qu'il nous accorde
Le vêtement royal de notre propre sang.

SONNET CLXVII.

L'homme qui, d'une chaste et fervente prière,
Chante ce grand cantique où Moïse est l'Aleph,
Où saint Jean est le Thau, bientôt, comme une nef,
Voit son âme s'ouvrir et s'emplir de lumière.

Un ange descendu de la demeure altière
Vient du double rayon lui rehausser le chef.
Dieu répond à sa voix, et, semblable à Joseph,
Il lit dans les secrets de la nature entière.

O Livre, et cependant on doit avec terreur
Soulever tes feuillets où l'impuissante erreur
N'a cherché trop souvent que la lettre qui tue.

Toujours des soins sacrés celui qui vit proscrit
Tombera foudroyé sous l'implacable nue,
S'il touche seulement à l'arche de l'Esprit.

SONNET CLXVIII.

Pour arriver au vice il ne faut point d'étude :
Sans mesurer des yeux cet abîme profond,
En se laissant aller, on est bientôt au fond ;
Mais comme remonter est une tâche rude !

A travers les buissons qu'enlace l'habitude,
En détours superflus longtemps on se morfond ;
Puis les hommes sont là qui raillent, et qui font
Fuir tes anges sauveurs, ô sainte solitude !

Autour de notre esprit alors l'affreux ennui,
Comme un manteau de plomb, étend sa froide nuit,
Que tachent par instants quelques lueurs funèbres.

O force, ô volonté, c'est à vos bras puissants,
Magnanimes vertus, de vaincre ces ténèbres,
Où s'agitent encor les reptiles des sens !

SONNET CLXIX.

Vous qui fûtes bénie entre toutes les femmes,
Vaisseau d'élection, mère du Rédempteur,
Ève spirituelle, amour, grâce, candeur,
Blanche porte du ciel, étoile aux chastes flammes,

Marie, ô Vierge sainte, aidez aux pauvres âmes.
Ouvrez-nous vos trésors d'ineffable douceur,
Tendez vos mains vers nous, et, sur notre frayeur,
Épanchez vos regards, mystérieux dictames.

Nous avons bien péché ; mais nous avons souffert ;
Mais nous sommes les fils de votre fils offert
En holocauste à Dieu pour toutes nos souillures :

Et, lorsque ce beau sang, nous arrosant en vain,
Ne peut verser son baume au fond de nos blessures,
Vous les purifiez à votre lait divin.

SONNET CLXX.

Tout homme n'est pas né pour les sentiers faciles,
Pour le monde de l'homme à tous les pieds ouvert :
Il en est que Dieu fit pour rester au désert,
Qui n'aiment que l'air libre et les terres stériles.

Comme l'âne sauvage, ils méprisent les villes.
Le torrent les abreuve, et les bois au toit vert
Sont, avec le ciel vif, leur unique couvert.
L'ombre d'un joug répugne à leurs fronts indociles.

Arrêtés tout le jour sur le sommet d'un mont,
Ils ruminent en paix leur tristesse farouche,
Et les hommes de loin demandent ce qu'ils font ;

Mais le Seigneur a dit : Malheur à qui les touche !
Leur exil m'appartient, inutile ou fécond,
Et c'est moi qui du mors ai délivré leur bouche.

SONNET CLXXI.

Vous qui lirez un jour ces rimes détachées,
Où, sous un moule étroit réduisant mes essais,
Pour de plus fiers projets lentement j'exerçais
Mon courage encor jeune et mes forces cachées,

Hommes de l'avenir, à vos yeux entachées
De la prescription des antiques procès,
Elles ne paraîtront, d'avance je le sais,
Que comme un livre plein de pages arrachées.

Pourtant je vous le dis, si l'esprit fécondant
A, dans ma faible voix, jeté son souffle ardent,
Qu'importe de mes vers la pensée authentique !

Toute forme, en dessous du premier élément,
Porte, comme son âme, un monde symbolique,
Et survit à travers un long enfantement.

FIN DU LIVRE TROISIÈME.

9

LIVRE QUATRIÈME.

✥

SONNET CLXXII.

J'aime dans les forêts à retrouver ma trace,
A amener mes pas par le même chemin :
Les saisons de plus près m'y découvrent leur face,
Et le sol prend pour moi quelque chose d'humain.

Des arbres et des fleurs je reconnais la place ;
Je sais des papillons où s'accomplit l'hymen,
Et ce que chaque touffe et la moindre crevasse,
La moindre flaque d'eau révèle à l'examen.

Ainsi fait ma pensée, et dans le même moule,
Sans chercher d'autre issue, elle-même se coule,
Variant seulement le métal et l'emploi.

Vers les mêmes amours ainsi mon cœur gravite,
Et, s'il n'a pas encore accompli son orbite,
Il ne peut désormais en renier la loi.

SONNET CLXXIII.

Ainsi la mandragore aux corolles austères,
Malgré ses doux parfums et ses fraîches couleurs,
A vu les papillons déserter de ses fleurs
Les stigmates mielleux et les jaunes anthères :

Sur ses tissus féconds en suaves mystères,
Où pétille l'argent de la rosée en pleurs,
J'avais laissé, du fiel de mes jeunes douleurs,
S'envenimer un jour les gouttes adultères ;

Mais la tache, aux rayons d'un soleil plus direct,
Disparaît. Venez donc, sans rien craindre d'abject,
Ailes d'or ou d'azur, aborder cette plante.

Vainement elle aurait, victorieux trésor,
Enivré sur son sein l'abeille vigilante ;
Du plus stérile amour elle a besoin encor.

SONNET CLXXIV.

Ce n'est plus seulement le grand aigle et le cygne
Qui provoquent l'augure et tournent dans les cieux :
Tous les moindres oiseaux, tous ces insoucieux
Qui parfumaient leur aile au chemin de la vigne,

Et ceux qui, picorant la framboise et la guigne,
Confièrent aux vergers leurs nids ingénieux,
Tous, fuyant aujourd'hui les abris captieux,
Des sublimes voiliers suivent l'exemple insigne.

Où vont-ils ? Nul d'entre eux ne le sait bien encor,
Ni quel astre attendu doit régler leur essor ;
Mais le vent est venu les soulever de terre :

Plus d'un retombera sur les rochers tranchants,
Et sans doute il le faut, pour que l'épreuve austère
De ceux qui poursuivront autorise les chants.

SONNET CLXXV.

Oui, vous avez raison : si, pour être poëtes,
Il faut tout renier, et le trône et l'autel,
Et le culte sacré du malheur paternel,
Avec le souvenir des antiques conquêtes,

Nous ne le sommes pas. Vos lauriers à nos têtes
Ne ceindraient, à ce prix, qu'un opprobre immortel.
Plus que la gloire encor le devoir éternel
Nous ordonne le deuil et l'oubli de vos fêtes.

Votre arrêt cependant peut n'être pas certain;
Mais, quand il le serait, il frapperait en vain
Des lutteurs engendrés sous le vent de la hache.

Ni le sang qu'ont versé les pères sous vos coups,
Ni les larmes des fils, et c'est assez pour nous,
Aux blasons des aïeux n'imprimeront de tache.

SONNET CLXXVI.

Le jeune homme éprouvé, désormais hors de page,
A scellé sur ses reins l'armure des combats.
Du chemin qu'il doit suivre il ne se trouble pas :
Car il a devant soi, pour guider son courage,

Une étoile qu'en vain couvrirait le nuage;
Son épée aimantée avertirait son bras.
Cet astre, c'est la foi. Dieu voulut qu'ici-bas
Un pôle répondit à tout pèlerinage.

Ainsi va le guerrier, ennemi du repos.
La foule ne connaît de lui que ses travaux,
Et toujours aux clameurs le rencontre impassible.

Il oppose aux regards un visage de fer;
Mais on ne peut toucher sa poitrine inflexible,
Sans y faire aussitôt rayonner un éclair.

SONNET CLXXVII.

J'ai revu cette dame à mes feux si cruelle,
Dont j'ai chanté naguère et maudit la beauté :
L'Amour était bien proche ; elle était toujours belle,
Et cependant mon cœur en silence est resté.

En vain je la voyais amollir sa prunelle ;
En vain une pensée à mon esprit tenté
S'enlaçait, et voulait, honteusement fidèle,
D'un prétexte vengeur couvrir sa lâcheté :

J'ai su, grâce au secours en qui je me confie,
Sous l'austère manteau de la philosophie,
Tromper le doux regard, de ma force étonné.

Et le jour n'est pas loin où je pourrai, sans feinte,
Braver de cette main la périlleuse étreinte,
Et dire : C'est fini ; je vous ai pardonné.

SONNET CLXXVIII.

RÉPONSE A M. A. MAREY.

Au printemps de la vie, une belle couronne
Est celle qu'en échange, à son jeune vainqueur,
La beauté qui connaît le prix d'un noble cœur
Tresse de son amour pour l'amour qu'on lui donne.

La couronne de gloire où le laurier foisonne,
Ceinte malgré l'envie et le dépit moqueur,
Moins douce, est belle aussi, quand la verte liqueur
Tarit dans les rameaux ébréchés par l'automne.

La première faillit à mon désir trop fier ;
La seconde est un prix bien haut pour ma faiblesse ;
Une dernière encor nous luit jusqu'en hiver :

La plus belle des trois, celle que la sagesse
Offre à tous ses amis, et que, dans ma mollesse,
Je n'aperçois non plus, hélas ! que par éclair.

SONNET CLXXIX.

Avant que la jeunesse ait de sa tempe blonde
Dérobé pour jamais les rayons à mes yeux,
J'ai mené mes désirs et mes pas anxieux,
Une dernière fois, par les sentiers du monde.

J'ai serré mes deux mains pour y tamiser l'onde
Du ruisseau tourmenté qui bouillonne en ces lieux.
J'ai trouvé des lambeaux dont mes doigts dédaigneux
Auront gardé pourtant quelque stigmate immonde.

Mieux valent les tessons et le fumier de Job :
Sans avoir la sagesse et les ans de Jacob,
Je connais que la terre est un vallon de larmes,

Et qu'en ces tristes flots, celui qui, loin des bords,
Du plaisir imposteur va poursuivre les charmes
Ne fait qu'y soulever la fange du remords.

SONNET CLXXX. •

Que déjà mes amours sont loin de ma mémoire,
Loin de mon cœur surtout ! Et cependant j'ai peur :
Ce calme si profond est bien souvent trompeur ;
Mais quoi, voilà trois ans que ma honte est notoire :

Car de l'âge où je suis les belles sont la gloire.
On le prétend du moins. Qu'y faire ? Le bonheur
M'a paru préférable. On peut, sans déshonneur,
Sur ce qu'on doit tenter ne point s'en faire accroire.

Ah ! je raille trop tôt : non, ce cœur désœuvré
De sa sève de feu n'est pas encor sevré,
Et la triste insomnie en saurait bien que dire.

Oh ! restez-moi fidèle, idéale beauté ;
Gardez, pour me sauver d'un vulgaire délire,
A jamais sur vos yeux mon regard arrêté.

SONNET CLXXXI.

La lyre, en tous les temps, a divers interprètes :
Beaucoup qui, dans leur sein, l'entendaient résonner
Dans les sentiers poudreux ont osé profaner
Ses oracles ravis aux antiques retraites.

O Muse, n'as-tu point des faveurs plus secrètes
Pour ceux qui de respect savent t'environner,
Et le même laurier devra-t-il couronner
Les poëtes valets et les libres poëtes ?

Mais que dis-je? Ceux-ci n'ont pas le meilleur sort,
Et leurs chants, qu'étouffa la misère et la mort,
Souvent n'ont obtenu qu'une palme avortée.

Aux autres le secours des puissances du temps,
Et les charmes d'une œuvre à loisir complétée,
Et les moissons de gloire et les noms éclatants!

SONNET CLXXXII.

Il naquit, il grandit dans l'antique demeure
Où son père vivait, où mourut son aïeul.
Une enfant de son sang, qui n'aimant que lui seul,
D'une union promise attendait venir l'heure.

Il avait dans ses mains tous les biens que l'on pleure,
Quand on les a manqués, jusqu'au bord du linceul.
Il partit. Un torrent le prit comme un glaïeul :
C'était l'exil sans trêve et jusqu'à ce qu'on meure.

Il est mort sous un toit étranger, sans avoir,
Un instant, discuté la rigueur du devoir,
Ni pesé sa fortune avec sa conscience.

Certes, ce qu'il perdit, on a pu le rêver ;
Mais, j'en crois fermement sa noble expérience,
Tout le bonheur est dans ce qu'il sut conserver.

RHYTHME XXI.

Je porte dans mon âme un deuil immense et sombre,
Qui recouvre lui-même et ma vie et mes jours,
Et qui n'a pas permis qu'aux replis de son ombre
Pussent, dans mon printemps, s'abriter les amours.

Jérémie, Isaïe, ô désolés prophètes,
Vous saviez, vous saviez ce qu'on souffre à pleurer
Sur sa race vaincue, en assistant aux fêtes
Dont toujours la victoire aime à se décorer !

Ossian, tu savais, ô vieillard gaëlique,
De quels embrassements vous étreint le passé,
Lorsque de votre peuple, au tombeau fatidique,
Le sang et l'avenir est à jamais glacé.

Heureux du moins l'amant, le frère de Marie !
Il lui reste un asile où reposer son cœur,
Un antre au bord des eaux, un coin de sa patrie
Où l'on parle un langage ignoré du vainqueur.

Non, ce n'est pas toujours à l'abri des tempêtes,
Sous un soleil splendide et pour des chants joyeux,
C'est pour le deuil souvent que naissent les poëtes,
Quand la nuit ou l'orage ont englouti les cieux.

Ils sont des nations les fossoyeurs sublimes :
Ils viennent, dans leurs chants courroucés ou plaintifs,
Proclamer les héros, consoler les victimes,
Et du linceul sanglant s'enveloppent tout vifs.

A quel souffle aujourd'hui livrerons-nous nos ailes ?
Esprit des temps passés, où vas-tu m'emporter ?
Est-ce vers la Bretagne et ses landes mortelles
Que mon père jadis est allé visiter ?

Je vois, sous la fumée et les flammes rapides,
Passer, le sabre au poing, un jeune cavalier.

Cavaliers, à la mort! .ont dit les intrépides;
Et celui dont je parle est parti le premier.

Plus loin, a dit l'Esprit : dans la vieille Armorique,
Le sang fécond remonte après qu'il a coulé.
On se souvient partout de sa lutte héroïque.
Elle dort, mais son cœur est toujours éveillé.

Azincourt et Poitiers, Crécy, champs de carnage,
Faut-il aller fouler vos sillons révérés,
Où, les pieds sur nos morts, la moderne Carthage
Moissonna par boisseaux les éperons dorés?

Aux hommes d'aujourd'hui faut-il compter ces princes
Et tous ces chevaliers, race illustre des Francs,
Qui s'y firent tuer pour sauver nos provinces,
Bien qu'ils n'en aient jamais été que les tyrans!

Il faut, a dit l'Esprit, aux hommes de colère
Laisser leur injustice : un jour le temps viendra
Des honteuses clameurs appliquer le salaire,
Et dans son œuvre alors chacun s'abritera.

Un jour nous pousserons le cri de l'épopée.
L'héritage est ouvert; il ne saurait faillir.
Sur le sol féodal replantant notre épée,
Nous verrons de sa pointe une étoile jaillir;

Et, réveillée enfin, l'immortelle guerrière,
Sous l'armure d'acier aux arabesques d'or,
Dans les cieux empourprés brandissant sa bannière,
Sur le cheval ailé reprendra son essor.

Aujourd'hui je t'impose un moins large voyage,
Et des chants moins hautains et plus mystérieux.
Ouvre les yeux, poëte, et connais ce rivage :
Te pas vont se mêler aux pas de tes aïeux.

O sévère contrée, ô rivages saliques,
De vos vierges forêts, berceau des nations,

9.

Quels souffles ont troublé les retraites antiques?
Quelle voix a frappé vos populations?

Pourquoi, comme en essaims les hordes rassemblées,
Les champs foulés aux pieds, les villages détruits,
Et ces cris de départ débordant les vallées,
Tels que des bois altiers s'y perdent tous les bruits?

Les cornes en hurlant s'appellent, se répondent.
Que veulent ces hourras, ces adieux, ces signaux?
Pourquoi tous ces accents qui vibrent ou qui grondent,
Et les chefs qui partout vident les arsenaux?

Car la chasse, ô guerriers, ni l'aurochs en furie,
N'a point dans votre sein suscité ces éclats :
Abdiquant pour jamais la sauvage patrie,
Ce n'est point vers le Nord que se tournent vos pas;

Et l'on voit avec vous s'agiter pêle-mêle
Les blonds adolescents, et, sur le char beuglant,
Les femmes dont l'enfant embrasse la mamelle,
Et vierges au front rose et vieillards au poil blanc.

Quelque nouveau César dont Rome craint l'audace
A-t-il sur votre sol guidé ses vétérans,
Et voulez-vous, pour vaincre ou pour mourir en masse,
Opposer tous vos flots aux flots des conquérants?

Mais Rome n'en est plus à chercher des batailles :
Le Terme universel a déjà reculé,
Et la Louve, vieillie et mordue aux entrailles,
N'étend sur ses sujets qu'un ongle mutilé.

Si la guerre est le but où marche cette foule,
La voie est large encore et le combat lointain :
Sans ordre, en serpentant, l'armée avance, et roule
Les hommes dans ses plis, comme un vivant butin.

Pour grossir le torrent chaque tribu se lève;
Les carquois sont fermés et les arcs détendus;

Les bras les plus vaillants laissent, avec le glaive,
Aux flancs des chariots les pavois suspendus.

Sous les tissus de jonc, les peaux à longues soies,
Où siégent gravement les mères des Germains,
Les piques en faisceaux dorment dans leurs courroies,
Et les javelots seuls arment encor les mains.

Une voix, sans chercher des promesses sublimes,
A parlé de trésors et de cieux inconnus,
Et, du dédain antique oubliant les maximes,
Les chefs ont à l'envi convoqué leurs tribus.

Ils marchent sur le Sud : là, des plaines fertiles,
Des champs ensemencés les attendent; ils vont,
Ainsi qu'un ouragan, s'abattre sur les villes,
Les saccager, et puis sans doute ils passeront.

De cités en cités leur valeur frénétique
Étendra la ruine et la mort, jusqu'au jour
Qu'un autre Marius, sous son bras athlétique,
Viendra, jusqu'au dernier, les broyer à leur tour.

Marchent-ils donc ainsi sans vouloir autre chose
Que brûler et meurtrir; et lorsqu'à leur esprit,
De ces heureux climats que l'abondance arrose
Une voix séductrice a jeté le récit,

N'ont-ils pu s'éveiller qu'à des pensers de haine,
Et, d'un sort inégal ardents à se venger,
Des peuples préférés n'envier le domaine
Que pour l'anéantir et non le partager?

Mais sait-on qui les guide, et pourrait-on connaître
Combien il faut de pas pour creuser ce chemin,
Combien, pour qu'un empire enfin y puisse naître,
Au sol d'une contrée il faut de sang humain?

Aux rameaux des forêts la dépouille ravie
Que la pluie et les vents imprègnent au rocher

Ne fait qu'y déposer les parcelles de vie
Qu'un arbre plus tardif un jour doit rattacher.

Ces hommes, voyez-les : de leur terre natale
Ils livrent le séjour à qui veut y courir,
Et, se sentant poussés par une main fatale,
Tous, même les vieillards qui n'ont plus qu'à mourir,

Ils partent, sans jeter un regard en arrière,
Sans avoir un regret pour ces nobles forêts,
Des os de leurs aïeux demeure hospitalière
Temple où la liberté divulgue ses attraits !

Seul, un jeune homme, un simple et rigide barbare,
Pour s'astreindre au passé, résiste à cet élan,
Et, sans rien écouter, des siens il se sépare.
Pâle, le front sévère et l'œil étincelant,

Il s'appuie, immobile, aux nœuds du chêne immense
Qui longtemps de sa race abrita le conseil :
C'est de là que, bravant la commune démence,
De ce voyage étrange il a vu l'appareil.

Tout est prêt : les essieux et les timons gémissent ;
La voix forte des chefs, perçant les bruits divers,
Annonce le départ ; les cœurs s'épanouissent ;
Trois salves de clameurs ont monté dans les airs.

Le jeune homme soudain s'élance ; on l'environne.
Il est, malgré son âge, entre tous respecté :
Il est brave, il est fier, et, comme une couronne,
De son âme à son front brille l'austérité.

« Où voulez-vous aller ? dit-il. Quelles injures
« Avez-vous à venger ? A-t-on troublé vos bois,
« Enlevé vos troupeaux, à d'iniques tortures
« Livré les envoyés protecteurs de vos droits ?

« Vos jeunes gens frappés ou vos vierges captives
« Ont-ils armé vos bras ? S'il en était ainsi,

« Resterais-je à l'écart et mes armes oisives ?
« Notre sol est intact et n'a point rétréci,

« Depuis que nous l'avons hérité de nos pères.
« Regardez : le désert, autour de nos abris,
« Dresse encor ses remparts; là grondent les repaires
« De l'ours et de l'aurochs qui nous ont aguerris.

« Le fleuve près de nous roule ses eaux fécondes.
« A vos nombreux troupeaux les herbes de ses bords
« Fournissent la pâture, et le bain dans ses ondes
« Rend, après le travail, la vigueur à nos corps.

« Que vous faut-il à tous? Un couvert pour vos têtes ;
« Pour vos femmes des peaux et pour vous de la chair ;
« L'hydromel écumeux pour enivrer vos fêtes ;
« Des haches, des épieux, des chênes et du fer.

« Vous avez tous ces biens; mais il faut plus encore :
« Pour apaiser vos cœurs, il leur faut des combats.
« Restez donc : des périls si l'ardeur vous dévore,
« Les dieux, les justes dieux ne vous oublîront pas.

« Tout jeune que je suis, j'ai vu sur ma poitrine
« Le glaive s'émousser bien des fois, et déjà
« Du sang d'un ennemi j'ai bu l'odeur divine,
« Qui d'enfant que j'étais en homme me changea.

« Nous combattions alors pour nos sœurs et nos mères,
« Pour l'honneur des enfants et la paix des vieillards,
« Pour consacrer toujours ces forêts tutélaires,
« Dont ceux qui ne sont plus visitent les brouillards.

« Mais non, vous êtes las de vivre sans entraves,
« Avec l'onde, les bois, le soleil et les vents :
« Vous voulez habiter la terre des esclaves,
« Et, comme eux, au cercueil descendre tout vivants.

« Qu'est-ce que ces trésors qui peuvent vous attendre ?
« Vous l'ignorez, et tous, comme des insensés,

« Vous courez, sans rien voir et sans plus y comprendre,
« Encombrer les chemins que d'autres ont tracés.

« Si nous ne sommes plus qu'un peuple tributaire,
« Qu'on me le dise : alors je ferai mon devoir.
« Ainsi que des vaincus vous quittez votre terre,
« Heureux de la quitter pour ne plus la revoir.

« Que nos vieillards encor disent à la jeunesse .
« Allez et revenez ; je prendrai, sans parler,
« Mes armes, pour combattre au gré de leur sagesse.
« De semblables périls ne peuvent me troubler.

« Si je meurs, mes amis aux branches de ce chêne
« Suspendront mes cheveux ; et, si nul ne revient,
« Il reste ces enfants dont la valeur prochaine
« Assure une vengeance au sang qui les soutient. »

Le bruit s'est ranimé ; le jeune homme s'arrête.
Marchons ; on nous attend, ont crié les guerriers ;
Marchons ! Mais un vieillard s'avance, et la tempête
Fléchit pour un instant sous ses gestes altiers.

« Enfant, dit-il alors, veux-tu juger nos pères ?
« Eux-mêmes dans ces lieux n'ont pas toujours vécu :
« Ils y vinrent de loin ; sous des cieux plus sévères
« Ils avaient habité. Eh quoi, n'as-tu pas vu

« Des oiseaux voyageurs les peuplades en route,
« Quand le Nord s'est glacé, vers d'autres régions
« Précipiter leur vol, pour rechercher sans doute
« Du soleil qui les fuit les éternels rayons ?

« Comme eux, au jour marqué notre famille entière
« Se lève : seulement pour l'homme les saisons
« Sont des siècles. Qui sait ? de la terre première
« Nos fils peuvent un jour revoir les horizons.

« Mais pour nous aujourd'hui cette halte est flétrie.
« Le but serait moins beau si nous le prévoyions.
« Nous sommes tous d'accord : suis-nous donc. Ta patrie

« C'est ta race, et non pas ce sol où nous passions.

Les deux antiques sœurs, la Nuit, la Solitude,
Ont du peuple nomade envahi le séjour.
La lune, adoucissant leur sombre quiétude,
Vient des bois lentement exprimer le contour.

L'auréole s'accroît, et la blanche lumière
En obliques rayons pénètre les ravins,
S'élève, et, comme un flot, débordant la clairière,
Fait saillir du hameau les groupes incertains.

Du chêne solitaire elle embrasse la cime.
Dans les rameaux profonds une voix a gémi,
Comme si de ses fils l'ombrage magnanime
Accusait le départ, de sa gloire ennemi.

Dans la pâle bourgade un seul homme respire.
Des gardiens vigilants on n'entend plus les pas,
Ni les abois des chiens. Le jour peut se produire ;
La vie et ses clameurs ne s'éveilleront pas.

Le jeune homme est couché sur son lit de bruyères,
La main sur son épée et ses traits près de lui.
Un farouche sommeil a fermé ses paupières,
De bonne heure il apprit à se passer d'autrui.

Au milieu du sommeil veille encor sa pensée ;
Sans crainte et sans regret il contemple son sort.
Il a vu, sans pâlir, partir sa fiancée :
Il lui reste ses bois, leurs hasards et la mort.

Devant lui, tout à coup, un guerrier se présente,
Non pas comme les siens, nu sous le bouclier,
Ni les cheveux dressés et la face sanglante,
Tel que se peint ses dieux le Sicambre grossier,

Mais splendide, élancé sous l'or de son armure,
Portant, comme un soleil, des rayons sur son sein :
Plus que l'astre des nuits sa face est blanche et pure ;
Son épée est de flamme et vibre dans sa main.

C'est bien un dieu venu des hauteurs immortelles :
La plante de ses pieds n'a point touché le sol
De l'humaine demeure, et ses deux grandes ailes
Restent, la pointe au ciel, pour reprendre leur vol.

Le barbare éperdu se débat sur sa couche :
Il rugit ; mais soudain le céleste vainqueur
Fait entendre sa voix, et les traits de sa bouche
Du mortel impuissant vont traverser le cœur.

« Lève-toi, lui dit-il, et pars avec tes armes ;
« Va rejoindre les tiens et combattre à ton rang.
« Puisque la solitude a pour toi tant de charmes,
« Son ombre peut te suivre au milieu de ton sang.

« Le Tout-Puissant, celui qu'un jour tu dois connaître,
« Pour servir ses desseins aujourd'hui vous choisit.
« Ce peuple est sous sa main dont un signe a fait naître
« Aux profondeurs du nord ce vent qui vous saisit :

« Car c'est le Dieu suprême ; il voit, comme la poudre,
« S'étendre sous ses pieds le front de tous les dieux.
« Il est fort et terrible : il commande à la foudre,
« Et son regard embrasse et la terre et les cieux.

« C'est lui qui devant vous fera lever la proie.
« Un peuple condamné va tomber sous vos coups ;
« Marche donc : maintenant tu sais où l'on t'envoie.
« Vous êtes l'avenir, et la terre est à vous.

« Mais la rébellion porte aussi sa vengeance.
« La science est funeste, et tu l'éprouveras :
« Dans ton sein vainement descend l'intelligence ;
« C'est par tes yeux encor que tu te convaincras.

« Lorsque chacun des tiens, délivré de sa tâche,
« Verra s'ouvrir pour lui l'asile du tombeau,
« Toi seul, tu n'obtiendras ni merci ni relâche :
« Tu pourras crier grâce et suer sang et eau.

« Tu vivras exilé, tu vivras sur la terre,

« Pour voir monter cet astre encore à son matin,
« En suivre chaque phase, et, témoin solitaire,
« De ta race en entier contempler le destin.

« Tu verras ses combats, son empire et sa gloire,
« Ses crimes, ses revers, son supplice, et soudain
« Son nom, ce nom puissant, pâlir dans la mémoire,
« Et tomber, dégradé, de l'insulte au dédain.

« C'est alors qu'atteignant le but de ton voyage,
« Et fort de ton épreuve et d'un si long tourment,
« De tout ce qui s'est fait tu rendras témoignage,
« Quand paraîtra ton peuple au divin jugement. »

Hélas ! nous y touchons à cette heure terrible !
Soulève encor le voile affaissé sur mes yeux ;
Esprit, viens m'enfermer de ton aile invisible ;
Ne m'abandonne pas à ce monde odieux.

Mais parle : dans ces jours de ruine accomplie,
Que devient parmi nous le guerrier pèlerin ?
Car le Dieu qui pardonne et qui jamais n'oublie
N'a pas encor brisé la sentence d'airain.

Où donc est-il le Franc à la blonde moustache ?
Où brille sa poitrine et ce bras redouté
Qui faisait tournoyer la massue et la hache,
Alors que s'instruisait sa rude puberté ?

Où donc est le vainqueur de la Gaule et de Rome,
Le fléau d'Attila, le soldat de Clovis ?
Où donc le chevalier, où donc le gentilhomme
Qui roule sur son corps la bannière des lis ?

Où le vengeur enfin de la tombe divine,
Le croisé généreux, le pénitent bouillant,
Qui délivra Sion et fit en Palestine
Répéter aux échos la chanson de Roland ?

Si c'est lui dont la voix résonne dans la tienne,
Esprit qui m'as jeté parmi ces visions,

Esprit des jours passés, qu'alors il te souvienne
Si mon cœur profana tes révélations.

Je l'ai vu, je l'ai vu! Des royales armures,
Ah! ce n'est plus le temps : un suaire en lambeaux,
Un corps armorié de livides blessures,
Voilà de sa splendeur les restes les plus beaux.

Que son visage est pâle et sa tête affaissée!
Mais, plus que les douleurs, comme l'ennui profond,
De son venin jaloux qui glace la pensée,
A flétri cette forme et dévasté ce front!

Ce n'est plus désormais qu'un fantôme, qu'une ombre
N'habitant qu'à demi le séjour des vivants,
Et qui disparaîtra, sitôt qu'en la nuit sombre
Un reste de feuillage aura fui sous les vents.

Et cependant, malgré les coups qui l'ont meurtrie,
Cette âme vit encor; ce cœur, comme autrefois,
S'attache avec amour au sol de la patrie,
Et le temps qui n'est plus revit dans cette voix.

SONNET CLXXXIII.

M'è verde sempre in mano la corona
Onde già fece si crudel rifiuto
Quella che mala contro me riputo,
Ned esser stata inver se stessa buona.

La speme dunque ancor non m'abbandona
Che, più felice, un dì sarà tessuto
Questo diadema a tal fine cresciuto,
Se nella mente l'aura ben mi suona.

Sol n'è caduta una candida perla
Che, dal tempo oscurata e tolta via,
Ne conobbe onde più del mar spietate;

Neppur posso spesar di rivederla:
Che par reflusso nullo in queste sia,
E nessun pesce mai di Policrate.

SONNET CLXXXIV.

Loin, bien loin sont ces jours de poésie entière,
Où la langue des vers parlée à haute voix
A tous nobles esprits se rendait familière,
Et passait de l'oreille à la bouche des rois.
Aux palais, aux manoirs la harpe coutumière
Chantait des cours d'amour les arrêts et les lois.
Elle peuplait d'échos la voûte hospitalière,
Et, non moins que l'épée, elle avait ses tournois.
Ainsi, du gai savoir promulguant les préceptes,
Dames et chevaliers s'en nommaient les adeptes :
Doctrine que dans l'air on respirait alors.
Et c'était moins un art encor qu'une croyance,
Non pas cette tardive et pénible science
Qu'il nous faut aujourd'hui payer de tant d'efforts,
    Sans jamais au dehors
Qu'elle puisse trouver et de vie et d'usages,
Proscrits enfin des mœurs par les briseurs d'images.

SONNET CLXXXV.

Non, tu ne peux mourir, et mes terreurs sont vaines,
O Muse, ô Poésie, ô véritable amour !
Tu vis et tu vivras : le soleil et le jour
Sont moins que toi la vie et des monts et des plaines.

Tant qu'un esprit, debout dans les âmes humaines,
Portera nos regards au céleste séjour,
Tu seras avec nous, et ton souffle à l'entour
Charmera notre exil, nos erreurs et nos peines.

Et vous qui de ses chants osez nier l'essor,
Ou qui le profanez, plus coupables encor,
Vous pouvez vous mentir, vous dégrader vous-mêmes,

Endurcir votre oreille et vous crever les yeux,
Et ressasser sans fin d'insipides blasphèmes ;
Mais vous n'éteindrez pas les étoiles des cieux.

RHYTHME XXII.

— Qu'est devenu le sang des hardis cavaliers?
Où ce front indomptable et ces regards altiers
Dont Cromwell tout puissant n'a pu courber l'audace?
O pauvre Jacobite, ô jeune homme chagrin,
Te voilà morne et seul sur le même chemin
Où riaient autrefois les clameurs de ta race!

Culloden sans retour vous a-t-il accablés?
A ces derniers combats que d'hommes sont allés,
Cicatrisés déjà de plus d'une défaite!
Et qui sait, car le sort se retourne soudain,
Si Preston quelque jour, de Londres plus voisin,
Ne vous livrera pas la victoire complète?

Du fond de son exil Charles est revenu.
Celui-ci, jusqu'au bout s'il reste méconnu,
Peut-être saura-t-il s'imposer en personne.
Allons, hommes loyaux, qu'un espoir si joyeux
Rassérène vos fronts, et, comme vos aïeux,
Chantez en chœur : Le roi reprendra sa couronne!

— Tu peux, sans me blesser, railler mon dévouement.
Non, non, Dieu ne m'a point frappé d'aveuglement!
Des illustres bannis je sais quel est le crime,
Et qu'il n'est point de ceux que l'on puisse oublier.
Pour proscrire leurs droits et vous en délier,
Vous aviez un grief terrible et légitime.

Il fallait leur ruine. Et comment en effet
Les absoudre du mal que vous leur aviez fait?
L'échafaud de Whitehall criait toujours vengeance.
Le trône avait gardé les stigmates du sang,
Et le nom de Stuart infligeait, rougissant,
Un implacable outrage à votre conscience.

Les traits du roi-martyr revivaient dans ses fils.
Chacun d'eux, ranimant de funèbres défis,

Offrait à vos regards un menaçant fantôme.
Vous vous êtes défaits de ce remords vivant,
Et d'un vain repentir exclus dorénavant
De tous les cœurs anglais par la loi du royaume.

O Stuart, ô mon maître, oh! dans ton abandon,
N'en crois pas de ton cœur l'héroïque pardon :
Ils n'effaceront plus cette sentence impie.
Quand le crime est si grand, et que le meurtrier
Sur de nouveaux forfaits ose encor l'appuyer,
Il faut bien ici-bas que le juste l'expie.

Dans ta foi, dans ton cœur ils t'ont calomnié,
Et jusqu'en tes enfants maudit et renié ;
Puis, faisant de la force un insolent usage,
Ils se sont arrogé la souveraineté ;
Ils ont des mains de Dieu repris la royauté,
Et, de leur propre chef, donné ton héritage.

Ce sacrilége orgueil n'admet point de retour.
Ta race dans l'exil verra son dernier jour,
Et jusques au tombeau n'aura plus de patrie.
Trahi par ses sujets, par tous les rois trahi,
Le roi dépossédé, si justement haï,
Ne désarmera pas l'infâme raillerie...

Et peut-être qu'un jour, dans sa lente douleur,
Voulant toucher au doigt l'excès de son malheur,
Sans combat qui l'appelle, il viendra solitaire,
Au domaine natal évoquer ses aïeux,
Contempler leurs tombeaux, leurs palais oublieux,
Et, comme un étranger, errer sur cette terre.

Et même, de ses yeux, alors il pourra voir
Quelque nouveau Brunswick sur le trône s'asseoir,
Sans que dans l'air s'éveille un souffle de tempête.
Le peuple curieux de tout événement
Ira, comme une foule, à ce couronnement
Dont nul éclat vengeur n'interrompra la fête.

Montrose, Claverhouse, où sont vos combattants ?
N'ai-je pas vu là-bas vos étendards flottants,
Et briller à l'entour les claymores des bandes ?
Non, le dernier combat n'est pas encor perdu.
Le sol va s'ébranler. N'a-t-on pas entendu
Le pibroch retentir et voler sur les landes ?

Hélas ! c'est le vent seul qui frappe les échos :
A travers les halliers, c'est le bruits des troupeaux
Que gardent à pas lents les pâtres taciturnes :
Et de nos morts sacrés les tombeaux anxieux,
Vainement remués, n'assemblent autour d'eux
Que le chœur impuissant de leurs spectres nocturnes...

Eux-mêmes, pour toujours acceptant leur trépas,
Les vaillants Écossais ne s'éveilleront pas ;
Au tombeau sont couchés Claverhouse et Montrose.
Ah ! le dernier espoir s'est enfui de mon cœur ;
Mais, ô mon roi, le fils de ton vieux serviteur
Serait heureux toujours de mourir pour ta cause !

SONNET CLXXXVI.

Bûcheron, je t'envie. Ah ! plutôt qu'une épée
Que n'a-t-on devant moi mis quelque bon outil !
En vain s'écroule un trône et s'efface un parti,
Ta hache va toujours et n'est point détrempée.

Nul deuil ne laissera ta vie inoccupée.
Peu t'importe comment l'État se travestit,
Ou dans quels noirs sentiers la ville s'abrutit :
Ta marche en ce chaos ne peut être inculpée.

Si tu n'as qu'un métier, il est fidèle et sûr,
Et le devoir jamais ne t'offre rien d'obscur,
Qu'atteignent à la fois le blâme et les louanges.

Tu souffres du soleil et des rigueurs de l'air ;
Mais ton sommeil est calme, et ce pain que tu manges,
La sueur de tes mains ne le rend pas amer.

SONNET CLXXXVII.

Indifférente?... Oh non : car dans votre regard,
J'ai vu trembler ces feux qui décèlent la haine.
Je vous suis odieux? Je le comprends sans peine :
Vous devez repousser cet amour de vieillard,

Incrédule, hautain, sans caresse et sans fard,
Qui ne demande rien à sa belle inhumaine,
Mais, d'un rire jaloux, la réveille et la gêne,
Quand, le soir, attendrie, elle rêve à l'écart.

Celle qui sait haïr saurait aimer sans doute.
Et l'on dit que souvent... Appât que je redoute,
Je n'irai pas pour toi retomber dans la nuit!

J'ai bien assez fouillé ces cavernes de l'âme,
Où quelque bulle d'eau qui vacille et s'enfuit
Est le seul diamant qu'ait fait jaillir la flamme.

SONNET CLXXXVIII.

Je vous salue, enfant au front superbe,
Noble beauté, vierge au regard puissant,
Aux purs contours enrichis d'un beau sang,
Aux longs cheveux plus dorés qu'une gerbe.

Votre poitrine est une grappe acerbe,
Qu'abrite encor son duvet fleurissant ;
Sous le soleil et le vent caressant,
Votre col souple ondule comme une herbe.

Je vous salue, et puissiez-vous mourir,
O chaste fleur, avant de vous ouvrir,
Avant le hâle et la poussière abjecte ;

Avant d'avoir goûté le sort commun,
Livrant vous-même à quelque vil insecte
Tout votre miel avec son doux parfum !

SONNET CLXXXIX.

A UN CRITIQUE.

Grand critique de troisième ordre,
Qui parlez tant des rimailleurs,
Tâchez donc, si vous voulez mordre,
De choisir des sujets meilleurs.

On pourrait, sans trop de désordre,
Livrant votre gloire aux rieurs,
Vous donner tels vers à retordre
Qu'ils vous fissent croire aux rimeurs.

Plus que vous je dois être sage ;
Prosailleur n'est pas en usage ;
Mais quittez ces airs de docteur :

Le mot manque seul à la chose,
Et vous ferez beaucoup de prose,
Avant de faire un prosateur.

SONNET CXC.

Pour s'immiscer au rôle de critique
Et discourir de la prose et des vers,
Pas n'est besoin, par ouvrages divers,
De s'être acquis une gloire authentique ;
Pas n'est besoin, d'un essor symbolique,
D'avoir couru les cieux et les enfers,
Ni devant soi fait poser l'univers,
Ni réveillé la baguette magique ;
Pas n'est besoin d'être un fameux docteur,
Un grand poëte, un merveilleux conteur,
D'avoir produit seulement une fable,
Ni d'exhaler un savoir achevé ;
Mais il faudrait, en homme raisonnable,
A l'abécé du moins s'être élevé,

    Et n'avoir pas prouvé,
Dans un sonnet boiteux et cacochyme,
Qu'on ne sait pas même comment on rime.

SONNET CXCI.

Je vous connais : vous êtes blanche et blonde ;
Vos yeux sont bleus et clairs comme un miroir,
Armés aussi d'un magique pouvoir,
Et votre bouche en sourires abonde.

Vous m'appelez en la forêt profonde.
Assis à l'ombre où j'écoute pleuvoir
Les gouttes d'eau dans le vert réservoir,
J'ai vu vos traits se réfléter dans l'onde.

Sans me lever et sans me retourner,
Je les contemple, et j'entends résonner
De votre voix la gracieuse instance.

Qu'il m'a fallu de souffrance et d'ennuis
Pour vous connaître, ô trompeuse espérance,
Et pour apprendre à rester où je suis !

SONNET CXCII.

Poëmes de mon cœur, voyages anxieux,
Où j'allais poursuivant la divine espérée,
Je n'aurai reproduit qu'une image altérée
Des beautés qui par vous enchantèrent mes yeux.

La faute en est à moi, puis au monde envieux
Dont j'admis les conseils en mon âme effarée,
Si bien que j'empêchai la vision sacrée,
Parmi les vils désirs nés dans l'oubli des cieux.

L'amour est toujours pur et son objet céleste :
Nous seuls, nous opposons, le résultat l'atteste,
A son vol éthéré le contre-poids des sens.

De ces lourds ennemis pour traverser la ligue,
L'esprit qui dut combattre et souffrir, je le sens,
A son autre labeur n'apporte que fatigue.

10

SONNET CXCIII.

Dans le bloc indompté j'ai plongé mes deux bras ;
J'ai roidi nuit et jour, pour arracher ma proie,
Les muscles de mon âme et ce levier qui ploie :
Toujours mon idéal a bravé mes combats :

Je n'ai pu lui créer de formule ici-bas,
Et j'ai dit : O beauté, n'es-tu donc que la voie,
L'attrait indéfini, l'aimant que nous envoie
Celui qui sait quel but doivent chercher nos pas ?

Non, non, je crois en toi ! Tu peux être un mystère,
Mais un rêve, jamais : car l'esprit, ce hautain,
N'a pas à réclamer de preuves à la terre.

Il le sent, ce trésor de notre amour lointain,
C'est le type incréé dont un moule adultère
Ne peut plus nous offrir qu'un reflet incertain.

SONNET CXCIV.

Ce fut sous le soleil, un bord de la marine,
Qu'une enfant de seize ans (j'en pouvais avoir huit)
De mes yeux ignorants vint soulever la nuit.
Soudain, comme un éclair de lumière divine,

La beauté m'apparut. Hélas ! l'ombre chagrine,
Qui toujours ici-bas retombe et nous poursuit,
M'a dès lors opprimé. Le jour calme s'enfuit
Loin des regards altiers que l'extase illumine.

Déjà triste, j'allais dans la lande m'asseoir,
Au milieu des genêts arrêté sans les voir,
Du voyage idéal j'essayais le délire ;

Et, dans mon rêve alors mélangé de douleur,
Je vis comme un grand lis lentement me sourire,
Et sur le bleu du ciel jeter sa blanche fleur.

SONNET CXCV.

Aux faiseurs de romans la Vendée est en proie.
Luirait-il donc enfin le jour de l'équité?
Hélas! ce n'est encor qu'une autre impiété,
Et vers le même but une seconde voie.

N'ayant pu l'effacer, on la profane, on broie
Avec son souvenir tant de vulgarité
Que de son importune et triste majesté,
Sous ce déguisement, du moins elle déchoie.

— Ces paysans, dit-on, se battaient vaillamment,
Par loyauté bien moins que par entêtement.
Ils auraient pu s'entendre avec la république.

Leurs chefs savaient mourir; mais plus de la moitié
Se trouvèrent contraints à ce rôle héroïque :
En outre... — Ah! taisez-vous, car vous faites pitié.

SONNET CXCVI.

Peuple fécond, auteurs épidémiques,
Qui, du faux goût semant l'infection,
A vos lecteurs, sous diverses rubriques,
Vendez sans fin la même invention,

C'est à bon droit que de telles pratiques
Vous vous targuez, et, dans l'occasion,
Humiliez ces talents fantastiques
Dont vos succès blessent l'ambition.

Seul, le mérite obtient toujours la vogue.
Des envieux qu'importe l'épilogue,
On lit, on vante, on traduit vos écrits.

Or chacun sait que la foule ingénue
Sur ses arrêts jamais n'est revenue.
Los immortel à tous les Scudéris!

SONNET CXCVII.

Siccom io posso, con l'antico stile
E con la nova penna, avrei scolpito
Anzi ed inscritto il bel nome già inclito,
Se non in marmo, in pietra onesta umile,

E'n carta oscura forse, ma non vile :
Poi ripensando ad un lavor ardito
Sí che del tempo mai non teme il dito,
Ben pel mios corsi io lima più sottile.

Bisogna pur cangiar nella inscrizione
Posta immortale al gran sasso di Sorga
Non una lettera, ma sol la data ;

Eqqui non val alcuna traduzione :
Che tal la lode tutta ci risorga
Qual è la donna istessa rinnovata.

SONNET CXCVIII.

Quante avró mai parole od ascoltate,
O forse in strano ed in antico autore,
Forse in nostri Francesi ritrovate,
In opra messe, Donna, a farvi onore,

Un dì foran indarno radunate.
E come del gentil spirto e del core
Verràn, in carme e in prosa ben mostrate
Le alme bellezze, grazia con valore?

Se la vaghezza che di fuor si vede,
Cosa mortale, è da stancar la mano,
Ed ogni canto, non che forza interna ;

L'altro lavor, per non oprar in vano,
Non già tre lingue, mille anzi ne chiede,
Od una voce, pur che fosse eterna.

SONNET CXCIX.

En suivant les détours de la belle forêt,
Belle, n'avez-vous point, aux pieds de quelque chêne,
Vu le fantôme assis de ma jeunesse vaine,
Exhalant du passé l'inutile regret ?

Oh ! que de jours perdus, et que d'ennui secret !
Que de soupirs au vent, de circuits sur l'arène !
Mais votre pas divin l'émeut, et de sa peine,
Seul, un si doux murmure aussitôt l'a distrait.

Interrompant sa plainte et son chant monotone,
Il a senti, malgré les rigueurs de l'automne,
De son cœur oublié s'entr'ouvrir le cercueil ;

Il invoque le temps que nulle voix n'arrête,
Et vous suit du regard, épris d'un nouveau deuil.
Quand vous avez passé sans retourner la tête.

SONNET CC.

D'amor spesso rileggo i degni canti
Che'n lodar sempre onesta alma beltade,
A nobil gente ed a miglior etade,
Vati eccelsi sonaron sì costanti.

In fiamma e'n gelo i' seguo i passi santi,
Fra lo sdegno agitato e la pietade :
Così, girando per le sacre strade,
Al cor m'infundo i benedetti pianti.

Già con sospiri i bei nomi io ridico,
E degli occhi soavi veggio i rai,
E delle chiome l'auro folgorare.

Poi, la mia mente, tutta dal nemico
Mondo divisa, ascolto mormorare
Canti che fuor non s'udiranno mai.

RHYTHME XXIII.

Le ciel est gris; la pluie
Un instant ne s'essuie :
Il faut vers le foyer
    Se reployer.'

Où ces belles journées,
D'un beau ciel couronnées,
Dont l'automne dorait
    Chaque forêt?

Par les routes jonchées,
Où sont les chevauchées
Bruissant autrefois
    Au sein des bois?

Les longues promenades,
Qui des feuilles nomades
Traînaient sur leurs sillons
    Les tourbillons?

Et des vives bourrasques
Les cascades fantasques,
Montrant les arbres ceints
    De blonds essaims?

Avec les chants bizarres
Qu'en ces promptes bagarres
Les sylphes qui venaient
    Nous apprenaient?

Les châtaigniers superbes
Agitaient dans leurs gerbes
Des rameaux sibyllins;
    Et les ravins,

Aux taillis, aux futaies,
Irradiaient leurs baies

De pourpres et de feux
Harmonieux.

Leur toit qui se délabre
En lambeaux de cinabre
Pendait, ou bien encor
En réseaux d'or,

Comme d'un incendie,
La nature enhardie
Allait mettant dehors
Tous ses trésors.

Les ronces aux mains brusques,
Les pimpantes lambrusques
Diapraient leurs couleurs,
Comme des fleurs;

Et les rubis et l'ambre,
Au branle de novembre,
Pleuvaient des fronts altiers
Sur les sentiers.

Puis, quand montait la brume
Que la soirée exhume,
Quels nombreux et charmants
Déguisements!

Que de roses mourantes,
De splendeurs expirantes,
D'éclairs inaccomplis,
En ces replis!

Que de vagues sans trêve,
De formes comme en rêve,
Dont fuyaient les tableaux
A peine éclos!

Les elves, dans ces ondes,
Venaient mener leurs rondes,

Noyer leurs blonds cheveux
Et leurs yeux bleus.

Et des jeunes années,
Et des fleurs moissonnées
Les fantômes mouvants,
Avec les vents

Passaient, et dans la bise,
Leur antienne indécise
D'une douce langueur
Touchait le cœur...

Mais la nature terne
A présent se gouverne,
Dans cet écroulement,
Tout autrement.

L'averse intempérante
L'envahit et présente
Ses herses au regard,
De toute part.

Déjà pareille encombre
M'a changé, sous son ombre,
De mes jeunes printemps
Les frais instants :

En sorte que l'année,
Aux trois quarts hivernée,
Sans aube ni déclin
Court à sa fin.

Plus de tièdes haleines,
De courtoises semaines,
De ces demi-soleils
Doux et vermeils.

Ah ! les jours de tristesse
Restent, dans la jeunesse,

De rayons espérés
    Tout éclairés.

Mais de ceux-ci, j'y pense,
N'est-ce plutôt l'absence
Qui vient pour moi des jours
    Fausser le cours?

La brume qui m'irrite
Peut-être bien n'habite
Qu'en mon cœur et mes yeux...
    Suis-je si vieux?

SONNET CCI.

Fleurs, plaisir du printemps, oh! que vous étiez belles,
En mes jours d'espérance et d'ingénuités!
Quelles douces couleurs, quelles grâces nouvelles
Vous révéliez sans cesse à mes sens incités!

Comme vous répondiez à mes regards fidèles,
(O souvenirs charmants, parfums et voluptés!)
Et je lisais alors, du fond de mes prunelles,
Les mots mystérieux qu'en vos seins vous portez.

Maintenant, devant vous mon âme se retire:
Vos calices sont clos ou n'ont rien à me dire;
Votre amour est banal, votre éclat ennuyeux.

Vous ne me semblez plus que des images blêmes,
Sans puissance, sans vie, et l'ombre de vous-mêmes:
Pour vous revoir il faut que je ferme les yeux.

SONNET CCII.

L'olivier qui s'abrite au pied de la colline
Voit, sous ses bras heureux, fleurir ses rejetons,
Ils croissent, enlacés de rapides festons,
Au milieu des parfums de fraise et d'églantine ;

Mais le triste mélèze, inféconde racine,
Mais le sapin sauvage, aux fondements profonds,
De pampres caressants couronnent-ils leurs fronts?...
Ils n'ombragent partout qu'une glèbe chagrine.

L'hiver les défigure et courbe leurs rameaux,
Et leur fardeau jamais ne les laisse en repos.
Aux tourbillons du nord ils livrent leur semence :

L'ouragan la disperse, et les fils qu'ils auront,
Grandissant au hasard dans la forêt immense,
Au sein d'un double exil comme eux habiteront.

SONNET CCIII.

Non, ce n'est pas toujours la gloire et l'avenir
Que vise le poëte, alors qu'il prend la plume,
Et que de son cerveau la lampe se rallume :
De lui-même parfois il peut se souvenir.

Son âme que l'espoir cesse de soutenir
Tombe alors sur sa chair que la fièvre consume.
Il gémit, il se traîne, et, dans son amertume,
Abjurant ses travaux, souhaite d'en finir.

Le repos, le sommeil est tout ce qu'il envie,
Plus qu'un autre il subit le poids de cette vie.
Sa puissance est un don funeste et décevant ;

Et s'il ne respectait le souffle qui l'inspire,
S'il s'écoutait, hélas ! il aurait plus souvent
Des douleurs à pleurer que des choses à dire.

SONNET CCIV.

Mon âme est malheureuse et ma vie est pénible :
Ce n'est pas de souffrir pourtant que je me plains ;
En tenaillant ma peau dans ses puissantes mains,
La douleur en faisait une armure invincible.

Les traits pouvaient trouer, mais non briser la cible ;
Mais l'ennui m'entreprend, et c'est lui que je crains.
Déjà, de ses gravois dont tous mes jours sont pleins,
De l'effluve céleste il encombre le crible.

La contemplation, à mes yeux écartés,
Ne fait plus resplendir les sublimes clartés,
Alphabet radieux de la sainte espérance.

La terre me fascine à son filet béant,
Et je sens à mon front surgir l'indifférence,
Ainsi que la vapeur des gouffres du néant.

SONNET CCV.

Sous des barreaux de fer le lion renfermé,
Le lion souverain, à l'œil triste et terrible,
Et qui, vaincu, se sent en lui-même invincible,
En stériles efforts ne s'est point consumé :

Sans vouloir s'agiter et comme accoutumé,
Il s'assied ; sous son poil rentre l'ongle infaillible,
Qu'on n'affrontera pas, et sa ride inflexible
Ne dit rien des fureurs dont son cœur est armé.

Quelquefois seulement, quand l'odeur de l'orage
Vient remuer ses flancs, magnifique et sauvage,
Il se dresse, et dans l'air étend sa grande voix.

Ses geôliers ont frémi. Lui, de nouveau s'affaisse.
Il n'a pas pour longtemps à supporter leurs lois :
Il étouffe, et la mort va finir sa détresse.

SONNET CCVI.

N'est-il donc pas venu d'une semence humaine,
Et n'a-t-il pas été comme un autre conçu
Dans les flancs d'une femme? Au terrestre domaine,
Ainsi qu'un étranger, pourquoi l'a-t-on reçu?

Partout où son regard se fixe ou se promène,
Il retrouve un sentier d'où son espoir déçu
A repoussé ses pas. Quelle envie inhumaine
D'un piége si cruel a serré le tissu?

Il n'a rien eu des fleurs que le printemps moissonne,
Ni des dons de l'été, ni des fruits de l'automne;
Il a vu jusqu'au roc son terrain dévoré,

Et, lorsqu'ont disparu les torrents des montagnes,
La mamelle des eaux qui nourrit les campagnes,
S'est tarie au soleil et n'a rien réparé.

SONNET CCVII.

Je ne recherchais pas une pitié vulgaire;
J'interrogeais la Muse et l'homme m'a parlé.
O mon frère, ô rêveur, pauvre et cher exilé,
Ton sein, comme le mien, porte une triste guerre!

Ce qu'appellent mes vœux, tu le voulais naguère;
Tu le voudrais encore, et n'es point consolé.
Un immortel aimant, dans ton être scellé,
T'exclut du vil repos, sagesse du vulgaire.

Tu peux te dire heureux et te calomnier;
Mais les distractions de l'univers entier
Ne sauraient te conduire à l'oubli de ton âme.

Les ennuis que j'ai peints, tu les ressens tout bas;
Moi-même, m'abusant, quelquefois je me blâme:
Tes sens, plus que les miens, ne me convaincront pas.

SONNET CCVIII.

Dieu, soulevez un peu la montagne d'ennui
Qui, depuis si longtemps, pèse au cœur de cet homme,
Comme si le venin de la funeste pomme
Était, d'un jet direct, arrivé jusqu'à lui.

Un jour serein jamais sur sa tête n'a lui.
Jamais entièrement il n'a dormi son somme.
Sans guide, sans gardien qu'il consulte et qu'il nomme,
Sa pensée ici-bas ne trouve point d'appui.

Il sait pourtant où va cette vie inutile :
Il croit en vous, Seigneur, mais d'une foi stérile,
Qui ne remuerait pas même un grain de millet ;

Puis il se sent si noir et si perdu de blâme,
Pour ses froides erreurs où rien ne le liait,
Qu'il ne sait plus aimer ni défendre son âme.

SONNET CCIX.

Pécheur, sous les haillons de ce triste mépris,
Je vois de ton orgueil le squelette qui perce.
Qu'est-ce que ces raisons où ton âme se berce ?
Du temps et du travail connais enfin le prix.

Comme un bon laboureur qui n'est jamais surpris,
Lève-toi dès l'aurore, et fais passer la herse
Sur le grain merveilleux que le Seigneur te verse,
Avant qu'à tes sillons les vents ne l'aient repris.

Mais, lâche et vaniteux, tu t'enfuis loin du maître;
Et tu voudrais parfois cesser de le connaître.
Pour n'être plus troublé de honte et de remords.

Il ne demande pas cependant qu'on frémisse :
Il ne veut que nos pleurs, il aide à nos efforts;
Mais, les délais passés, il se fera justice.

11

SONNET CCX.

La beauté, la douceur, avec l'intelligence,
Enfant, tels sont les dons que tu reçus du ciel :
C'est assez pour qu'un monde ignoble et plein de fiel
Fasse peser sur toi sa brutale vengeance ;

Mais dût la solitude et l'amère indigence,
O blanche et chaste fleur des jardins d'Ariel,
Boire tous tes parfums et moissonner ton miel,
Je n'irais point pour toi réclamer d'indulgence.

Hélas, tu souffriras, et sans savoir pourquoi ;
Mais tu seras chrétien, tu sauras qu'une loi
Suprême te condamne, et que tout est mystère.

La souffrance est propice : elle est comme le fer
Qui retranche et guérit, comme un feu salutaire
Qui brûle jusqu'au vif la lèpre de la chair.

RHYTHME XXIV.

L'exilé qui revient visiter de ses pères
Les tombeaux profanés, devenus des repaires
    Où les bêtes font leurs petits,
N'a point à s'occuper des sépultures neuves,
Des marbres blanchissants où s'accoudent les veuves,
    Toujours de couronnes sertis.

Si quelquefois, distrait et seul, on le rencontre
Sur les chemins poudreux que la foule se montre,
    C'est qu'un esprit lui révéla,
Sous le sol nouveau-né, quelque invisible trace,
C'est qu'avant d'autres pas, des héros de sa race
    Les pieds s'imprimèrent par là.

Aujourd'hui cependant, quand la France se lève
Au devant d'un cercueil que décore le glaive,

Quand le peuple caméléon,
Oubliant tout le sang qu'il lui fallut répandre,
Chante, joyeux et fier, qu'on veuille enfin lui rendre
Son empereur Napoléon ;

Moi, je mêle à la fête une voix étrangère :
Non pas qu'un souvenir acerbe me suggère
Aucune haine contre un mort ;
Mais au nom des Anglais j'ai pu dresser l'oreille.
La vieille inimitié dans mon cœur se réveille,
Et ma raison en est d'accord.

Maintenant, je le sais, les peuples fraternisent ;
Des hommes apaisés les rapports s'humanisent :
Ce n'est qu'un vaste embrassement ;
Et bientôt nous verrons les frontières jalouses
Changer leurs noirs glacis en dansantes pelouses
Et sourire unanimement.

Mais si, comme on le dit, les colères sont lasses,
Faut-il tant se hâter de recevoir des grâces ?
Jette-t-on son histoire à l'eau ?
Souvent, après les fils, les ancêtres revivent ;
Et vous ne cacherez aux enfants qui vous suivent
Ni Quiberon ni Waterloo.

SONNET CCXI.

O vieil honneur français, quels sophismes honteux
Nous offrent pour appât tous ces hommes d'intrigue,
Dont rampe contre toi la ténébreuse ligue !
Grâce au ciel, ton flambeau pour nous n'est pas douteux ;

Et nous ne voulons pas l'obscurcir ! Ce sont eux
Que ce jour éclatant contrarie et fatigue.
Dans ces raisonnements que leur bouche prodigue,
De leur cupidité je démêle les vœux.

Enfants, si l'on vous dit que la parole est nulle,
Que le serment n'est rien qu'une vaine formule,
Dont soi-même on s'absout d'avance et sans rougeur,

Alors qu'à vous guider la logique renonce :
Frappez-vous la poitrine, et que le cri vengeur
Qui sortira de là vous serve de réponse !

SONNET CCXII.

Si nous devenons vieux, aux enfants d'un autre âge
(Puisse de ces jours-ci l'avenir différer !)
Amis, que dirons-nous ? Comment leur inspirer
Cette ardeur qui convient ? Quels récits, quel langage,

Quels travaux accomplis, quels efforts de courage,
Quels exemples enfin pourrons-nous leur montrer,
Qui, les piquant d'honneur, nous en fasse honorer ?
Ah ! nous nous préparons un pénible héritage.

Les cœurs sont des tombeaux : de nos rudes combats
Les nôtres aux regards ne témoigneront pas.
Ainsi nous tomberons dans le mépris des hommes ;

Mais nous verrons alors de près l'éternité,
Et, dans un temps pareil à celui dont nous sommes,
Peut-être il sera bien de n'avoir rien été.

SONNET CCXIII.

L'homme a besoin d'appui, besoin qu'on l'encourage,
Et, du bien et du beau poursuivant le chemin,
Veut quelquefois sentir une main sous sa main,
Et d'une noble voix recueillir le suffrage.

Mais quelle solitude ou quel triste entourage,
Au lieu de ce concours, lui fait le genre humain!
Que d'effroi, de douleur inculque l'examen!
Car on n'est pas guéri pour renvoyer l'outrage.

Pourtant il faut marcher, se dire que du moins
Hors du monde et des sens il reste des témoins,
Dont à l'esprit pénètre un souffle tutélaire;

Et de surplus, après les plus rudes assauts,
Se contenter, hélas! d'obtenir pour salaire
La haine des méchants et le mépris des sots.

SONETTO CCXIV.

Non archi o statue, nè di cortigiani
Ammirazione e lodi, non romore
Di gente, o scorta, o tal segno esteriore,
E quanti mai sieno suffragi umani

Mostran i veri Regi. Tutti vani
Di questi i titoli, se del Signore
Sommo Monarca non v'è con onore
Posto il sigillo da sacrate mani!

Di tal sanzione privi, quelli c'hanno
Scelti le turbe cieche nulla fanno
Ch'agli eletti del cielo aprir la strada :

E quando l'ira poi di Dio si desta,
A lei non tanto pesa e scettro e spada
Quanto una paglia al vento di tempesta.

SONNET CCXV.

J'ai tant creusé mon front que, pour quatre ans passés,
Vos yeux même pourraient ne plus me reconnaître.
Je n'ai pas vieilli seul, et d'autres yeux peut-être,
Avant qu'il soit longtemps, vous le diront assez.

Loin de moi d'insulter aux rayons menacés
De cet astre brillant qui traversa mon être;
Mais, ne fût-il qu'une ombre et prêt à disparaître,
Je dirais : Que m'importe ? En vain les ans glacés

Ont de votre beauté dispersé la lumière,
Elle survit pour moi dans sa splendeur première,
Pour moi seul, et mon cœur ne vous en rendra rien.

De ce trésor jadis vous me fûtes avare :
Les rôles sont changés, et je garde mon bien :
Désormais j'ai compris l'arrêt qui nous sépare.

RHYTHME XXV.

Lorsqu'on a bien scruté les hommes et les choses,
Respiré les parfums de la poudre ou des roses,
    Médité, calculé,
Encombré son cerveau de chansons et d'histoires,
Et des livres profonds déchiffré les grimoires,
    Pâle et presque aveuglé,

Soit qu'on ait poursuivi la gloire et la richesse,
L'amour ou le bonheur, ou toute autre promesse,
    Lorsqu'arrive le soir,
Il faut pencher la tête et replier ses ailes,
Et, pour livrer son front aux tristesses mortelles,
    Enfin il faut s'asseoir.

« Vains désirs de l'enfant, ambition puérile,
« Qu'est-ce que cette vie ? Une force inutile

« Qui n'aboutit à rien,
« Qui laboure sans trêve et jamais ne moissonne,
« Qui peut forger des clefs, mais qui n'ouvre à personne
    « La porte du vrai bien.

« Est-il d'autre labeur que de creuser sa tombe,
« Et, penché sur le bord, d'attendre que l'on tombe
    « En cet unique abri?
« Hors ce repos funèbre il n'est point de sagesse,
« Ni de fidèle amour que la morne tristesse
    « Du chien qu'on a nourri. »

O mortels, apprenez à rentrer dans votre âme :
Là renaît l'espérance et rejaillit la flamme
    Qui vous remet debout.
Comme l'abus des sens et des plaisirs du monde,
L'abus de la science où le cerveau se fonde
    Engendre le dégoût.

Mais le néant sur vous ne peut avoir de prise :
N'en croyez ni la main ni la vue indécise,
    Mais l'esprit immortel.
Reprenez votre marche et votre tâche austère,
La semence est en vous, le champ est sur la terre,
    Et la moisson au ciel.

RHYTHME XXVI.

SEXTINE.

Quand le désir de l'homme, isolé sur la terre,
Des fragiles amours a broyé le trésor,
Avant l'heure où l'espoir dans notre âme s'altère,
O solitude, il faut, sur ta montagne austère,
Voyageur idéal, qu'il tourne son essor,
Et pour monter plus haut qu'il se prépare encor.

Des circuits inféconds son aile lasse encor
Lui pèse ; mais, à peine a disparu la terre,

Le phénix immortel retrouve son essor.
De myrrhe et d'aloès il s'est fait un trésor.
Il dresse son bûcher sous le regard austère
D'un soleil que jamais le nuage n'altère.

Le prodige n'a pas de témoin qui l'altère :
La flamme vient du ciel; la brise en vient encor ;
La victime y retourne. En cette épreuve austère,
Elle va dépouiller l'empreinte de la terre.
Désormais elle sait où chercher son trésor,
Et quel souffle puissant soutiendra son essor.

Ainsi doit s'accomplir l'orbe de votre essor,
O vous qui, pour combler l'ardeur qui vous altère,
D'un éternel amour réclamez le trésor.
Dans le gouffre pourquoi vous replonger encor ?
Aux futiles moissons que vous promet la terre
Pourriez-vous asservir votre espérance austère ?

De vos fiers devanciers suivez l'exemple austère :
Si plus d'un a laissé, pour guider votre essor,
Un lumineux sillon au dessus de la terre,
Craignez que de l'esprit le regard ne s'altère,
Que votre âme n'abdique, ou ne se trouve encor
Indigne d'aspirer au sublime trésor.

S'il le faut, pour gagner un semblable trésor,
Laissez tremper vos fronts dans cette neige austère
Dont les abords du mont se cuirassent encor.
Aux pointes des rochers suspendant votre essor,
Que l'onde des torrents seule vous désaltère.
Ce qu'il faut, avant tout, c'est l'oubli de la terre :

Car la terre est stérile, et le plus beau trésor
Qu'elle ait encor promis à la pensée austère
N'est qu'un bruit dont bientôt doit s'altérer l'essor.

SONNET CCXVI.

Votre cœur, dites-vous, ne demande qu'à croire,
Et, d'un doute pieux cherchant la vérité,
A la source divine a toujours souhaité
Que ses troubles vaincus lui permissent de boire...

Du danger cependant l'imminence est notoire,
Si des grossiers désirs votre cœur arrêté
N'appelle à son secours la blanche pureté,
Et des vices bourbeux n'expulse la mémoire.

Soyez sobre d'abord, chaste, doux, patient :
La vertu, cette route imposée au croyant,
Est encore ici-bas le but rare et suprême ;

Et ce ne sera pas dans un vase proscrit,
Impudique, souillé, vous l'avouerez vous-même,
Que Dieu viendra verser sa grâce et son esprit.

SONNET CCXVII.

Ne dites pas : J'irai, car s'abstenir est vain,
        Parmi les femmes étrangères,
        Cherchant des heures plus légères,
M'asseoir, et, sans chercher nul perfide levain,

M'accouder à leur table et goûter de leur vin.
        Leurs paroles sont mensongères ;
        Mais de leurs douceurs passagères
La chair ne redit rien à son tyran divin.

Ne dites pas cela ; car vous perdez votre âme.
De ces charmants loisirs l'imperceptible trame
        Peut vous barrer l'éternité.

Sans l'incarner en soi jamais l'homme n'évoque'
        Le démon de la volupté.
La prostitution toujours est réciproque.

SONNET CCXVIII.

Si le monde à vos yeux n'offre plus que ruines,
Dont jusqu'à votre esprit serpente le chaos,
Retournez-vous alors, pour trouver le repos,
Vers le monde de l'ordre et des œuvres divines.

Étudiez les bois, les ondes, vastes mines
Dont jamais on n'aura sondé tous les travaux :
Car le souffle de Dieu plane encor sur les eaux.
Allez dans les vallons ; allez sur les collines.

Ne fermez pas vos yeux quand vous baissez le front.
Regardez le brin d'herbe ou bien le moucheron :
Chaque atome vivant réfléchit la lumière...

Et, de là rassemblant le faisceau protecteur,
Avec Linnée on voit, ainsi que par derrière,
Dans le jour qui se fait, passer le Créateur.

SONNET CCXIX.

Comme un chêne en spirale attachant ses rameaux,
Heureux qui voit pousser sur des bases immenses,
D'un jet puissant et sûr, l'arbre de ses croyances,
Et dans l'air et le sol en maintient les travaux !

Il monte lentement. La séve en ses canaux
Noue, en se recourbant, des fibres plus intenses,
Et des bourgeons accrus n'excite les semences,
Qu'elle ne fraie aussi des fondements nouveaux.

Ainsi, l'un après l'autre élevant ses étages,
Il n'a point, pour jaillir au dessus des nuages,
Le vertical essor du hardi peuplier :

Mais, comme celui-ci, la tourmente soudaine
Vers la terre, éperdu, ne le fait pas plier,
Et du faîte hautain s'abattre sur la plaine.

SONNET CCXX.

Seigneur, j'ai reconnu la bienheureuse image
Qu'en son berceau déjà mon enfance rêvait ;
Beau rêve, qui bientôt, désertant mon chevet,
Aux brumes d'ici-bas éclipsa son plumage ;

Mais le glaive céleste a fendu le nuage.
O lumière et flambeau ! Je l'ai vue ; elle avait,
Sous ses cheveux d'or fin que l'ardeur soulevait,
Et son front d'escarboucle, un glorieux visage,

Plus blanc que n'est l'argent qui jaillit du fourneau.
Ses mains portaient la palme, et l'olive, et l'anneau :
La victoire, la paix, l'éternelle alliance.

Puissent ses yeux bientôt me voir fidèle et pur,
Et, pour me fulminer l'ineffable science,
Introduire mon âme en leur temple d'azur !

SONNET CCXXI.

A M. LE Mⁱˢ A. DE BELLOY.

C'est peu d'être croyant ; il faut être chrétien.
Qu'importe que l'esprit ait saisi la doctrine,
Si le cœur n'a goûté l'active discipline,
Dont l'Église sur nous a serré le lien.

C'est par là qu'échappant au désordre païen,
Nous verrons, loin de nous, fuir cette ombre chagrine,
Infaillible cachet d'une honte intestine,
Que nos tristes discours n'accusent que trop bien.

Ami, la Pénitence est un second baptême,
Et le Christ aux pécheurs n'a pas dit d'anathème
Que le prêtre, en son nom, n'ait pouvoir d'effacer.

Prière et repentir, versez-nous votre baume ;
Que nos lèvres un jour soient dignes d'embrasser
Le pain qui conduit l'âme au céleste royaume.

FIN DU LIVRE QUATRIÈME.

LIVRE CINQUIÈME

❖

SONNET CCXXII.

Je vous bénis, Seigneur ; vous n'avez pas permis
Que le monde fût doux à mon âme inclinée :
Vous l'avez poursuivie, et, d'année en année,
Vous m'avez suscité de plus noirs ennemis.

Rien ne m'a secouru : la branche où j'avais mis
Ma dernière espérance aussitôt s'est fanée ;
Le sol même a trahi ma force abandonnée.
Vous avez tant lutté que vous m'avez soumis.

Laissez-moi savourer ma défaite et mes larmes,
Et, vous sentant sur moi peser avec vos armes,
Me traîner, comme un ver, sous votre pied puissant !

Laissez-moi dans mon cœur enfoncer votre glaive,
L'y retourner sans cesse, et de l'âme du sang
Exterminer en moi la redoutable séve !

SONNET CCXXIII.

Église, notre mère, ô véritable mère,
Épouse du Sauveur, reprends-moi sur ton sein !
Longtemps entre tes bras tu m'appelas en vain :
Mon retour le plus vif était moins qu'éphémère.

Qui donc me retenait ? Une ombre, une chimère,
Un espoir misérable, et, pour tout dire enfin,
Paresse, lâcheté, vice épais et malsain :
Voilà qui m'imposait cette existence amère.

Car j'étais malheureux. La honte et le remords
Habitaient dans mes os, et mes plus fiers efforts
Retombaient comme un plomb sur mon âme atterrée.

C'est que, hors de ton aide, il n'est point de salut,
Et que ta voie exacte, ô gardienne sacrée,
Est l'unique chemin, comme Dieu le seul but.

SONNET CCXXIV.

Et j'ai dit au ramier, j'ai dit à la colombe :
Inspirez-moi votre âme et vos tristes accents.
J'ai dit à l'aquilon, aux arbres mugissants :
Unissez votre souffle à ma voix qui succombe.

Et j'ai dit à la nuit, et j'ai dit à la tombe :
Prêtez-moi vos sanglots, vos spectres gémissants,
Que je puisse pleurer, ainsi que je les sens,
Ces crimes où toujours ma mémoire retombe.

Au pardon souverain je n'insulterai point :
Car mon âme, au milieu du remords qui la point,
En ressentant la grâce, a connu la puissance.

Mais se peut-il, mon Dieu, que, jusque dans le ciel,
Le regret sans l'espoir de l'entière innocence
Ne soit pas du pécheur le supplice éternel ?

SONNET CCXXV.

Tristesse vigilante, assieds-toi sur mon âme ;
Étreins-moi, chasseresse, et ne me lâche pas :
Il me faut ton épieu pour tuer le trépas ;
Il faut dans mon désert ta grande voix qui brame.

Je les ai vus de près, ces morts aux yeux de flamme :
Dans ces jours où le doute engrave tous les pas,
Au repos des damnés on trouve des appas ;
On se laisse manger par la gangrène infâme.

Dévorante paresse, ô lèpre de Satan,
Fuis, sourire putride, et pour jamais va-t'en.
La douleur sur mes os aiguisera ses armes.

Et puissé-je en tous sens les en voir transpercés,
Et les yeux de mon cœur saigner assez de larmes,
Pour laver tous les pleurs que la chair a versés !

SONNET CCXXVI.

Comme un taureau blessé je heurterai du front
Ces barrières partout contre mes pas dressées,
Et, foulant sous mes pieds leurs planches dispersées,
Vers l'antique désert les flots m'emporteront.

Ainsi qu'un naufragé les hommes m'oublieront.
Dieu seul habitera dans toutes mes pensées,
Et, rendant à mes yeux les splendeurs éclipsées,
Pour m'instruire à prier les astres descendront.

Qu'importe le palmier ou la caverne sombre
Qui jette sur ma peau le manteau de son ombre,
Pourvu qu'au dernier jour le lion fossoyeur,

Voyant venir de loin le prêtre aux mains de flamme,
S'écarte, et qu'à ma lèvre arrive le Seigneur,
Et son baiser divin qui déliera mon âme !

SONNET CCXXVII.

Du poids de ses destins mon âme est écrasée.
Qui, Seigneur, cet ingrat, traître à votre bonté,
Ce lâche et vil pécheur, pétri d'impureté,
Dont la vie en replis indignes s'est usée ;

Renégat de lui-même et la juste risée
Des puissances d'enfer, lui dont la volonté,
Abjurant si longtemps sa noble liberté,
De honteux souvenirs reste stigmatisée :

Si coupable et si faible, ô Dieu, croirai-je bien
Que vous lui pardonniez, et que, vraiment chrétien,
Un jour il contemplât votre gloire ineffable ?

— O mon fils, ce n'est pas ce misérable ver
Qui peut rien, mais celui que mon Verbe impeccable
A lavé de son sang et nourri de sa chair.

SONNET CCXXVIII.

Seigneur, que sur mes yeux votre loi soit scellée !
Les regards sont des traits qui retournent au cœur.
Que les miens soient brisés, ou que l'esprit vainqueur
Les emporte à jamais sur son aile étoilée.

Que ne t'ai-je gardé ta robe immaculée,
O vierge de mon sein, âme que le moqueur
Étourdit si longtemps de sa vaine liqueur,
Et que, dans ton oubli, j'ai lâchement souillée !

Il ne t'est plus donné de regarder sans voir,
Pure au milieu du mal et sans le concevoir :
On ne dépouille point l'impudique science.

Mais du contact du moins songeons à t'isoler,
Et qu'au milieu des sens nous vivions en silence,
Comme sous une tente et sans nous y mêler.

SONNET CCXXIX.

Rêve, rêve acharné, pourquoi venir encore
De tes folles lueurs encombrer mon esprit !
A ce jour éternel dont l'éclat te prescrit,
Mêlerai-je sans fin ta nuageuse aurore ?

Non, et n'emprunte pas à l'enfant qui s'ignore,
A l'intacte beauté, ni ce rayon qui rit,
Ni ce sang gracieux où le bonheur fleurit.
Vainement la pudeur l'imprègne et la décore :

C'est une fille d'Ève, et celle-ci sortit
De la première chair que l'homme revêtit,
Et du premier désir qu'il jeta vers la terre.

Malheur à qui sourit et se fie à leurs jeux !
Le mal est leur essence et leur âme un mystère.
La plus pure a toujours un démon dans les yeux.

SONNET CCXXX.

Je me sens quelquefois comme un homme hydropique
Qui, lorsque son fardeau ne charge plus ses flancs,
A trouver l'équilibre, en hésitant, s'applique,
Et, penché sur ses reins, marche à pas chancelants.

Heureux l'aveugle-né, l'humble paralytique
Qui, sans être soumis à ces détours tremblants,
Entendent du Sauveur la parole héroïque :
Vois ou *Marche*, et s'en vont éclairés et vaillants !

Mais la grâce moins pleine est encor sans mesure.
Puissé-je nuit et jour veiller sur ma blessure,
En méditant ces mots qui m'arrivent ici,

Soufflés jusqu'à mon cœur par une bouche austère :
Ce qu'on a fait jadis, on peut toujours le faire ;
Ce que les autres font, on peut le faire aussi.

SONNET CCXXXI.

Quoi, disait le captif, sans· magiques amorces,
Sans armes que mes bras, faible, j'affronterais
Ce dragon qui, bravant et la flamme et les traits,
Des puissants chevaliers a terrassé les forces?

C'est un serpent immense, et ses écailles torses
Sont pleines du venin des immondes marais.
Il depèce à l'entour de ses affreux retraits
Les armures de fer, ainsi que des écorces.

Le prêtre répondit : Nous munirons nos cœurs
De prière et de jeûne, et nous serons vainqueurs.
Dieu combattra lui-même, et nous le verrons faire.

Soudain la foi changeait un esclave en héros,
Et dès le soir le monstre atteint dans son repaire
Gisait sans mouvement étendu sur le dos.

SONNET CCXXXII.

Laissons s'évertuer le monde humanitaire :
Vainement ils voudraient, déguisant leur courroux,
Interposer le vide entre le ciel et nous,
Et borner nos pensers et nos soins à la terre.

Que nous offrirait donc l'avenir salutaire?
La vie égale et sûre, abondante pour tous,
Quand la gloire et l'empire à nos esprits jaloux
Ne sont qu'un leurre encor qu'un seul regard altère !

Serait-ce le repos? Mais c'est dans notre sein,
Et non pas au dehors qu'est la lutte sans fin !
Croyons-en la tristesse en nos cœurs préconçue :

C'est en vain que l'on cherche, il n'est point d'autre port,
Il n'est point d'autre asile, il n'est point d'autre issue,
Il n'est point ici-bas d'autre but que la mort.

SONNET CCXXXIII.

Oui, l'homme est immortel, et sa chair périssable
Est d'un esprit captif l'asile passager.
En vain la mort s'obstine à le décourager ;
Pour tout ce qu'elle opère il est inabordable :

Car aux enfants chacun en soi-même semblable
De la destruction n'admet point le danger.
Nous nous disons : Mon père est allé voyager,
Même quand son cercueil est là qui nous accable.

La grâce prophétise aux lèvres des enfants,
Et l'âme, libre au fond des membres étouffants,
Jamais n'acceptera le joug de la matière.

Vous pouvez nier Dieu que vous ne verrez pas ;
Mais *Elle* à vos regards paraîtra tout entière :
Vous vous entre-tuerez dans l'éternel trépas.

RHYTHME XXVII.

Accablez-moi toujours de vos miséricordes,
O Jésus, écrasez et retournez mon cœur.
De la harpe des sens brisez toutes les cordes.

Enchaînez tous mes pas, ô céleste vainqueur.
Absorbez ma pensée et frappez sur mon âme,
Qu'elle rejette enfin toute immonde liqueur.

O soleil, aveuglez des traits de votre flamme
Ces yeux d'illusion, ces suppôts de la chair
Qui d'un espoir sans fin renouvellent la trame.

O vérité, lancez votre éternel éclair,
Et de l'orgueil des sens dispersez le nuage ;
Repoussez dans leur nuit les puissances de l'air.

Oui, de mourir enfin donnez-moi le courage :
Que je sois un cadavre et ne connaisse plus,
Que par le repentir, la terre où je voyage !

Pour ce trépas mystique où d'abord je voulus,
Insensé que j'étais, m'élever par moi-même,
Que mes derniers liens s'écartent résolus :

Afin que désormais, tout à celui qui m'aime,
Celui qui m'a cherché sous mon ennui profond,
Et m'a sauvé deux fois dans sa bonté suprême,

Je scelle sur mes reins ce sépulcre fécond
Où, mourant à la mort, au néant de la terre,
De l'abîme avec Christ on pénètre le fond.

On remonte aguerri de ce voyage austère :
Adam nous a légué la science du mal,
Et le nouvel Adam nous la rend salutaire.

Il décèle à nos yeux son ténébreux rival,
Les replis du serpent et ses piéges sans nombre
Et le triste venin dont le circuit fatal,

Infiltrant la matière et s'achevant dans l'ombre,
Depuis l'oubli funeste, en tous lieux a souillé
De l'ouvrage divin les pores qu'il encombre.

Vous étiez là, Seigneur, et vous avez veillé
Afin de préparer l'antidote sublime
Que le Verbe fait chair sur le monde a saigné.

O sang réparateur, baptême légitime,
Lumineuse rosée, effluve de salut,
Qu'en vous seul mon espoir se retrempe et s'anime !

Votre ivresse est féconde et nous emporte au but.
Je n'irai plus goûter aux sources incertaines,
Où si longtemps, hélas ! mon orgueil se complut.

Je connais la bonté des sagesses humaines,
Et leur rends à jamais ce qu'elles m'ont offert,

Leurs vains raisonnements et leurs maximes vaines.
De mon esprit, Seigneur, faites comme un désert
Où monte gravement, dans l'azur immobile,
Un unique palmier pour me mettre à couvert :

Votre parole est tout ; le reste est inutile.

SONNET CCXXXIV.

Comme le défricheur qui nettoie un ravin,
J'ai fait passer le feu sur les plis de mon âme :
Dans ses impuretés j'ai fait couler la flamme ;
J'ai dépouillé le sol de son ombrage vain,

Afin qu'il fût frappé par le soleil divin,
Et que, des purs rayons aspirant le dictame,
Il pût rendre, en son temps, la récolte sans blâme,
Où ne filtrera plus de coupable levain.

Mais le doux rossignol et la colombe blanche
Demeurent au verger, où sans risque s'épanche,
A flots mélodieux, leur pieuse douleur :

C'est ainsi qu'une plainte en mon cœur se réveille.
L'ulcère est retranché ; mais, fidèle au malheur,
Je conserve à jamais ma blessure vermeille.

SONNET CCXXXV.

Ainsi, dans sa rigueur, j'accomplirai mon vœu :
J'aurai banni de moi tous germes infidèles.
Hélas, je suis sorti du sang d'hommes rebelles,
Rebelles à César et rebelles à Dieu ;

Mais mon père déjà, dans la Vendée en feu,
Retrouvant du devoir les routes fraternelles,
C'est par là que mon âme aux clartés éternelles
S'éleva, regagnée à l'antique milieu.

Nous avons reconquis notre double allégeance.
Et, fier de ce fardeau, j'en aime l'exigence.
A l'honneur de ma foi je ne veux point faillir.

Debout pour tout le reste, un homme peut, j'espère,
Devant le monde entier baiser, sans s'avilir,
La main du roi son maître et les pieds du saint-père.

SONNET CCXXXVI.

Ils ont tout renversé, jusqu'à cet édifice
Dont au tombeau du Christ l'angle s'affermissait,
Ordre trois fois sacré qu'à la France unissait
Le plus glorieux sang de sa noble milice !

Malte, Rhodes, Saint-Jean ! Pour ce long sacrifice,
Quand tombait un autel, un autre surgissait,
Et l'Europe sauvée au large applaudissait.
Puis des païens un jour elle devint complice.

Mânes des l'Isle-Adam, Lavalette, Aubusson,
Vous n'êtes plus chez vous, et de votre maison
Les courtiers d'Angleterre ont saisi l'héritage.

O gloire, on a proscrit pour un tel résultat
Cette *religion* où, d'un si beau courage,
On allait au martyre en marchant au combat !

SONNET CCXXXVII.

De l'espérance enfin s'est tari le calice.
En sens-tu le métal à ta lèvre adhérer ?
Au désir qui persiste et voudrait t'égarer
Ton âme imposera sa fierté pour tutrice.

En vain la chair frémit devant le sacrifice ;
Toi-même, sans chercher pour elle à différer,
Dans ton isolement il vaut mieux te cloîtrer,
Et que dans sa rigueur l'épreuve s'accomplisse :

Non pas que ce labeur où l'homme est obligé,
Ce grand mot de travail ne soit qu'un préjugé ;
Mais l'un sarcle son âme et l'autre son vignoble.

Puisque dans cette vie il faut avoir un but,
Gentilhomme et chrétien, c'en est un assez noble
De garder son blason et faire son salut.

SONNET CCXXXVIII.

On l'a dit, et plus d'un le doit redire encore :
Heureux celui qui met ses amours au tombeau,
Et qui, dans le cercueil, pour jamais voit enclore
Tout ce qu'à ses regards la terre offrit de beau !

Heureux, dans leur exil, Dante et l'amant de Laure !
De bonne heure leurs pieds quittèrent l'escabeau ;
Le trépas est venu, comme une blanche aurore,
En étoile changer leur terrestre flambeau.

O glorieux prôneurs de la pensée unique,
Votre flamme par là, réelle et symbolique,
N'a point subi l'hiver du désenchantement.

Des célestes rayons vous laissant l'alliance,
Jamais, dans son creuset, l'acerbe expérience
N'a fait de votre cœur noircir le diamant.

SONNET CCXXXIX.

Dans les plis du linceul j'ai mis ma bien-aimée,
O mort, et dans ton sein je viens la déposer
Vierge, et sans que ma lèvre ait, d'un chaste baiser,
Effleuré seulement sa tempe inanimée.

La voilà sans retour sous la pierre enfermée,
Et je ne verrai plus, trop prompt à m'abuser,
Le spectre de son front sourire et s'embraser.
De ce rêve jaloux mon âme est exhumée.

Non, je ne viendrai point sur ce tertre importun.
Qu'importe quel feuillage y germe, ou quel parfum
Le printemps fugitif, chaque année, y dévoile !

Désormais envolée aux campagnes d'azur,
La fleur que je suivais m'ouvre, splendide étoile,
Vers l'éternel amour un chemin toujours sûr.

SONETTO CCXL.

Forse, in quel tempo di valente amore
Ove' l terrestre affetto, sì che scala
Per ispinger al ciel di pensier l'ala,
Pareva ad ogni vate e nobil core,

Tolto i' non foss'io stato dall' onore
Di dir a gente vana più che mala
Quel ch'allo spirto val e scudo e pala,
Onde la bestia va scacciata fore.

Ma l'alta voce troppo mi fù tarda ;
Che mal dal suo secol ognun si guarda ;
E questo oltre misura è brutto e rio,

De' cui romori con la mente carca,
Non posso ben risponder al desio :
Perdonimelo il Dante col Petrarca.

SONNET CCXLI.

Con quei duo grandi nullo di me faccio
Paragone; e'n ciò dir anche mi pare
Questo mio carme assai superbo andare :
Altri che del mio tempo ho ben impaccio.

Non posi io stesso la mia testa al laccio
Del quale son le maglie poi si avare?
Vi fur squarciate molte cose care
Onde or, col rimembrar, i'mi disfaccio.

Non è 'l tutto il pentirsi e'l veder lume :
E più lavoro e di ciascun momento
Le sue parti riaver dal mal costume.

Il vizio è strazio ; e chi ne fù redento
Delle sue forze tanto non presume,
Infante nuovo a nuovo nascimento.

LETTRE

A M. GUSTAVE SEGAUD.

Ami, votre paresse est donc incorrigible?
Je l'avoue à présent, c'est un vice terrible.
Alors que, grâce à lui, du matin jusqu'au soir,
En vous cherchant chez vous, j'étais sûr de vous voir,
Je ne m'en plaignais pas. On est bien égoïste.
Mais, sans raison peut-être ici je vous attriste :
Peut-être, en ce moment, courbé sur un procès,
Du barreau mieux connu vous poursuivez l'accès ;
Ou bien, cultivateur encore un peu novice,
Vous cherchez quel engrais, quel fécond artifice
Pourrait changer vos champs en une mine d'or.
C'est bien ; mais vous allez exagérer encor.
Ne quid nimis, mon cher ; c'est un précepte sage :
Même envers le travail il faut en faire usage.
Quel que soit le devoir où l'on est arrêté,

C'est montrer trop d'attache et de rigidité,
Que de ne pas oser prendre sur la journée
Quelque minute au moins au souvenir donnée,
Pour dire à ses amis si l'on meurt, si l'on vit.
Mais moi qui parle, moi qu'ici-bas n'asservit
Nul travail régulier, et qui, seul responsable,
Me trouve si souvent les coudes sur ma table,
Contemplant le loisir que la Muse m'a fait,
Je ne suis pas en règle avec vous en effet :
Car d'ailleurs, plus âgé, je vous devais l'exemple.
Je ne m'armerai pas d'une excuse plus ample :
Vous êtes généreux, et, j'en crois un passé
Qu'avec charme souvent mon cœur s'est retracé,
Vous ferez à ma lettre, encor qu'un peu tardive,
Un aussi bon accueil, une fête aussi vive
Que, si, depuis huit jours et non depuis trois mois,
Votre oreille eût cessé d'entendre notre voix.

Ah ! c'est un grand malheur, n'est-ce pas ? que la vie
Soit si peu sociable et si tôt nous envie
Toutes ces amitiés que l'âge aux jours riants,
La jeunesse prodigue à nos cœurs confiants.
A peine a-t-on passé sa vingt-cinquième année,
Qu'il faut presque toujours que l'âme abandonnée
Se réduise au silence. Adieu ces entretiens
Où l'on pensait tout haut ! Adieu ces doux liens
Que l'on s'était choisis et qui jamais ne pèsent !
Les rires ingénus et les loisirs se taisent.
On redescend au rang des lugubres mortels.
Voici que les soucis et les chagrins réels,
Les vœux de la famille et l'avenir malade
Viennent à tous les vents disperser la pléïade :
L'un retourne à Lyon ; l'autre vogue à Java ;
Un autre vers Alger par Pontivy s'en va.
Ceux qui restent encor, séparés par ces vides,
Sont à se rapprocher devenus plus timides.

12

Les soins divers, autant que les climats lointains,
Sur nos amis bientôt nous rendent incertains :
Aussi l'on ne se voit et l'on ne s'écrit guères.
On craint de rabaisser à des rapports vulgaires
Ce cordial échange et cette intimité :
On préfère l'oubli; c'est fort bien inventé.
Ah! qu'on est paresseux; qu'on a peu de courage,
Et comme on laisse au sort prendre son avantage !
Il semble qu'on ne puisse à ce triste vainqueur
Inféoder ses bras, sans lui livrer son cœur.
Quand on songe pourtant que ce bien qu'on délaisse,
Et qu'on regrettera, ce n'est pas, ô faiblesse,
Un, deux ou trois amis, hélas, c'est l'amitié !
L'hiver, l'hiver arrive et sera sans pitié :
Car, passé le printemps, l'âme aussi se referme;
La séve ne peut plus nourrir de nouveau germe,
A moins qu'un rameau vif qu'avril a soulevé
Le prenne en son écorce, et, du hâle sauvé,
L'apporte dans les airs, et soudain le mûrisse.
Pour moi, je ne veux pas que mon jardin périsse,
Et, dût-il m'en coûter, je le cultiverai.
Vous savez, mon ami, qu'il faut, bon gré, mal gré,
Sur tout ce que je fais que ma tête domine,
Et que, plus je résiste, et plus elle s'obstine.
La prose m'ennnyait; elle a voulu des vers :
C'est à vous de juger si ce fut un travers.

Que j'aurais mieux aimé, plutôt que vous écrire,
Pouvoir partir moi-même et vers vous me conduire !
J'eusse attendu moins tard. Par un beau jour d'été
J'arrive. J'ai voulu de l'hospitalité
Vous laisser la surprise, aimant peu qu'on m'attende.
On vous cherche, on vous dit qu'un Monsieur vous demande,
Que c'est un étranger, qu'il est même poudreux,
Barbu, d'âge moyen, enfin un homme affreux :
Vous me reconnaissez, et votre joie éclate.

Je vous entends bientôt venir en toute hâte,
Et nous nous embrassons. Peut-être en ce moment,
Triste, et vous inventant quelque pressentiment
Bien sombre, vous pensiez que cette solitude,
S'il faut toujours souffrir, est aussi par trop rude :
Eh bien, enfant, le ciel vous envoie un appui ;
Nous verrons votre mal, et, de peur que l'ennui
Dans tout ce désespoir ne soit pour quelque chose,
Je ne vous lirai pas trop de vers ni de prose.
Aussi bien, nous avons tant de soins plus pressants :
Vos domaines qu'il faut visiter en tous sens ;
Et la vigne, et les champs où les épis blondissent ;
Mais surtout le jardin dont les fleurs s'embellissent,
Lorsque l'ami du maître est un ami des fleurs ;
Puis les fruits qui déjà nuancent leurs couleurs,
Tout enfin, et, j'espère, à la vieille coutume,
Sans qu'il me soit fait tort du plus simple légume.
Vous me contez aussi vos projets, vos essais,
Et discutez à fond les chances de succès,
Et tout ce qu'à vous-même, ainsi qu'à la patrie,
Promet de merveilleux l'essor de l'industrie.
Pour moi, discrètement j'écoute et je prends part ;
Ne pouvant conseiller, j'approuve à tout hasard.
Soyez prudent pourtant : ce n'est pas la routine,
C'est l'innovation par où l'on se ruine.
Le soir, après dîner, en fumant (car, hélas !
J'ai repris ce défaut qu'on ne maîtrise pas) ;
Le soir, à la fraîcheur, l'entretien se prolonge,
Se recourbe en tout sens, ou vers Paris replonge,
Et jusqu'à mon chevet ne me fait pas défaut.
Bercé par vos accents, je m'endors, et bientôt
Je rêve que j'anime une charrue immense,
Traînée à la vapeur, qui laboure, ensemence
Dix arpents par minute. A ce puissant travail,
Dont malheureusement m'échappe le détail,
Je puis en peu d'instants retourner la contrée.

Je ne vois que sillons et terre labourée,
De sorte que moi-même, afin de reposer,
En un arbre il me faut me métamorphoser.
Je m'étends à mes pieds; puis un nouveau partage
Me fait voler, oiseau, dans mon propre feuillage.

L'aube me débarrasse, et le jeune soleil,
Brillant sur la verdure et dans l'air tout vermeil,
Nous appelle tous deux par la plaine irisée
Où le vent matinal égrène la rosée.
Vous allez me montrer quelque site chéri;
Chemin faisant, la mare ou le ruisseau fleuri,
L'oiseau qu'on fait partir, la corolle qui s'ouvre,
La plante qu'on connaît et celle qu'on découvre,
Quelque beau papillon posé sur le chemin,
Qui palpite au soleil, et, presque sous la main,
S'envole mollement; tous ces trésors humides,
Qu'éclaire le matin de ses regards limpides,
Forment aux promeneurs une fête sans fin,
Où chaque pas varie et couleurs et dessin.

Ou bien, lorsque midi, l'heure splendide et chaude,
Fait luire chaque feuille ainsi qu'une émeraude,
Quand la plaine déborde, et que, de tous endroits,
Monte une brume ardente, alors, au coin d'un bois,
Sur l'herbe fine, à l'ombre, il est doux de s'étendre.
C'est un lieu fait exprès pour voir et pour entendre
Le spectacle des fleurs et les chants des oiseaux.
Peuplés de nids féconds, les chênes, les roseaux,
Le troëne en buissons, les genêts, les bruyères,
Tout palpite et s'égaie en notes familières.
Puis les prés aux regards étalent leur beauté,
La luzerne ruisselle, et le trèfle argenté
Se soulève, enrichi de ses houppes pourprées;
Et, sous le vent léger, les herbes diaprées,
S'effrangent en courbant leurs folâtres épis.

Les thyrses des sainfoins, sur le mouvant tapis
Jettent leur incarnat; la spirée en corymbe,
Les chrysanthèmes blancs dont s'élargit le nimbe;
Les étincelles d'or, les flammes des pavots,
Les bluets rayonnants, tous ces éclats rivaux
S'entrecroisent, portés sur l'active verdure.
La scabieuse rose, où le bourdon murmure,
Laisse, au bord des fossés, errer ses fleurs de miel;
Et, de leur pâle azur imitant notre ciel,
On voit plus haut jaillir les fines campanules,
S'offrant, comme une mire, aux jeux des libellules:
Car les bois sont voisins, et c'est de leurs abris
Que jaillissent au jour les insectes épris,
Dont l'essaim radieux, qu'une haleine éparpille,
Comme un écrin vivant sur la plaine pétille.
Nous avons admiré leurs rapides éclairs,
Suivi les mouches d'or, les papillons divers,
Et cueilli la cétoine au sein d'une églantine :
Alors, vous qui savez où mon esprit chemine,
En vous tournant vers moi vous me dites : Voyons,
Récitez-moi des vers avant que nous partions.
J'écoute, et je vous dis ce sonnet que peut-être
Quelque discours de vous naguère aura fait naître :

Il est vrai, j'ai toujours invoqué le soleil :
Autant que je l'ai pu, j'ai doré de sa flamme
Le vêtement mobile où se produit mon âme;
J'ai chanté bien des fois le midi sans pareil,

Et les feux du couchant et le matin vermeil;
Aux plus charmantes nuits où le jardin se pâme,
J'ai préféré le hâle et l'orage qui brame,
Et l'extase pénible aux douceurs du sommeil.

La Muse d'elle-même ainsi vient nous instruire.
La nuit, m'a-t-elle dit, ne sait rien que séduire :
C'est l'erreur, le mensonge et l'oubli du devoir.

12.

Mais le jour est divin. Afin qu'il te pénètre,
Ouvre-toi tout entier, et qu'on ne puisse voir
Rien de trouble en ton sein qui craigne l'œil du Maître.

Là-dessus nous causons. Les poëtes aimés
Nous ouvrent à l'envi des sentiers embaumés.
J'interroge à mon tour, et de nouveau je gronde
De ce que vous laissez dans une nuit profonde,
Soit négligence ou bien scrupules mal conçus,
Languir les dons charmants que vous avez reçus.
Dans tous les chants de l'art nous errons sans entraves,
Nous élevant parfois à des pensers plus graves.
Ami, la poésie est tout un monde à part;
On n'en fait point le tour, et la courbe de l'art
Ne rentre point sur soi : c'est une parabole
Dont la foi nous révèle et la ligne et le pôle.

Mais il faut m'arracher à ces rêves si doux.
Que vais-je imaginer? Je suis bien loin de vous;
Et voici que la pluie et les frimas d'automne
Ont des arbres fanés dispersé la couronne.
La feuille à chaque instant vient battre à mes carreaux,
Et le vent fait tomber jusqu'aux grains des sureaux,
Jusqu'à ces fruits légers ou de corail ou d'ambre
Dont, à défaut de fleurs, se couronne septembre.
Hélas! six mois entiers jusqu'aux soleils de mai!
Et pourtant de l'hiver que je serais charmé,
Que j'aimerais ce froid et cette triste brume,
Si, rien que d'un billet que l'amitié parfume,
Vous m'annonciez ici votre prochain retour!
Surtout s'il s'agissait de quelque long séjour.
Vous étiez au départ moins ami du silence,
Et vous m'aviez flatté d'une double espérance;
Mais vous n'écrivez pas, et vous venez très-peu.
J'espère encor pourtant en vous disant adieu :

SONNET CCXLII.

A M. LE MARQUIS A. DE BELLOY.

Ami, le jour divin, et que j'ai voulu dire,
N'est pas ce jour flottant, idolâtre, menteur,
Tout vayé des regards de l'esprit tentateur,
Et que l'orgueil des sens aveuglément aspire :

J'ai parlé de celui que l'âme sait élire,
Emblème radieux où le divin Auteur
Fait briller largement son Verbe rédempteur,
Et qui hors de la chair par degrés nous attire.

L'autre est encor la nuit, car les traits du soleil
Ne peuvent traverser l'ivresse et le sommeil.
Veillez, vous qui cherchez la sublime patrie,

Et quand vos faibles yeux vous dérobent le ciel,
Priez, et vous verrez se lever de Marie,
Près de votre chevet, le rayon maternel.

SONNET CCXLIII.

Ce n'est pas seulement au disciple chéri
Que le Sauveur du monde, au sommet du Calvaire,
A dit : « Je vous remets dans les bras de ma Mère; »
Pour tous les siens oncore il ouvrait cet abri.

O Vierge immaculée, et le mieux aguerri
N'en négligera point l'étreinte salutaire :
Chacun a ses moments de plainte et de misère,
Et vous régénérez le cœur le plus flétri.

Vainement ici-bas on nous presse, on nous aime :
L'homme est à jamais seul et désert en lui-même.
Là de tous ses appuis il n'a rien emporté ;

Mais celui qui connaît votre grâce divine,
Si malheureux qu'il soit et si déshérité,
Ne sent plus un instant sa pensée orpheline.

SONNET CCXLIV.

Ève des jours nouveaux, bienheureuse Marie,
Je me confie à vous, et quand, faible et battu,
J'ai besoin de tendresse, ou que revient et crie
Le féroce ennemi qui devant vous s'est tu.

La tête du serpent, sous votre pied meurtrie,
A de votre grand cœur signalé la vertu,
Et, pour reconquérir la céleste patrie,
Près du chef glorieux vous avez combattu.

Ainsi de la douceur la force est la compagne,
Et la victoire est sûre à celui qui la gagne
Dans le calme du cœur et la simplicité.

Pour dompter du péché l'attaque renaissante,
Une dévotion fidèle est plus puissante
Que tous tes fiers efforts, superbe volonté.

SONNET CCXLV.

Non, ce n'est pas le tout de s'écarter du monde :
Dans les piéges des sens pour ne pas retomber,
A soi-même, à l'orgueil il faut se dérober,
Et clore de l'erreur cette source féconde.

Tant que de notre espoir quelque chose se fonde
Aux bonheurs d'ici-bas, qu'enclins à se courber,
Nos désirs en Dieu seul ne peuvent s'absorber,
Notre exhumation n'est pas assez profonde.

Puissé-je n'estimer et ne regarder rien
Qu'à travers ma pensée et ma foi de chrétien,
Et mes yeux se fermer quand ma pensée est lasse.

Que ce me soit assez de confesser la croix,
D'adorer mon Sauveur et de lui rendre grâce,
Sans songer aux humains ni courtiser leur choix !

SONNET CCXLVI.

— Pourquoi, pourquoi sans cesse, ô grave solitaire,
Autour de ton esprit élargir ton cerveau,
Toi qui n'as que la tête en dehors du tombeau
Et qui fermes tes bras aux choses de la terre ?

Est-ce dans quelque but dont tu veuilles te taire,
Et d'un jour plus propice attends-tu le flambeau ?
Ou l'étude, en tissant et serrant son réseau,
Ne t'offre-t-elle ainsi qu'un passe-temps austère ?

Je suis, répondit-il, sous la main de mon Dieu :
Hors de sa volonté, je ne forme aucun vœu ;
Mais, comme un bon soldat qui tient ses armes prêtes,

Je prétends, s'il m'appelle, obéir sans répit,
Et je gagne du moins, sevré d'autres conquêtes,
D'apprendre combien l'homme en sa force est petit.

RHYTHME XXVIII.

Où donc est l'univers? où donc est la lumière ?
Où sont les firmaments tout remplis de soleils,
Et le temple, et l'espace, et l'étendue entière ?

Les anges fraternels, les séraphins pareils
Aux regards du Très Haut, tous ces esprits de flamme,
Dans quel sein dorment-ils et de quels longs sommeils?

Au seuil de l'infini prosterne-toi, mon âme ;
Dieu seul est par lui-même et n'a point commencé :
La raison le témoigne et l'esprit le proclame.

D'un éternel repos Dieu ne s'est point lassé ;
Il est ce qu'il était, ce qu'il sera sans cesse ;
Son œuvre est éternel en ce qu'il l'a pensé.

Lui seul est nécessaire, et la loi qui le presse,

Sa puissance, eût été satisfaite à jamais,
S'il n'eût produit que soi, son Verbe, sa sagesse.

De l'unité sans borne admirables effets,
Sa vie et son amour s'exercent en lui-même :
L'action absolue implique tous les faits.

O mon âme, à jamais périsse ce blasphème,
Que les êtres, portant leur raison d'exister,
Fassent seuls, éternels, vivre l'Être suprême !

Comme si le fini pouvait rien ajouter
A l'essence infinie, incréée, immuable,
Qui se possède enfin pour se manifester.

Ainsi l'éternité simple, incommensurable,
S'engendrerait des temps morcelés et divers,
Qui sauraient retrouver sa forme invariable.

Dieu deviendrait l'accord, la loi de l'univers ;
Le Créateur enfin serait la créature,
Et même subirait le concours des enfers.

Chrétiens, notre croyance est un peu moins obscure ;
Et, sans que nous sentions notre âme se sécher
Nous pouvons méditer la sublime lecture

Que Jean Boanergès, l'aigle du grand rocher,
Nous propose au début de son saint Evangile :
Là nous trouverons tout, si nous savons chercher.

En vous-même, ô Seigneur, vous avez votre asile,
Et le Verbe est en Dieu dès le commencement,
Dieu, puissant comme vous, agissant et tranquille.

Vous êtes l'un en l'autre, et tous deux, vous aimant,
De toute éternité, d'une substance unique,
Vous produisez l'Esprit en vous également.

Unité, Trinité glorieuse, authentique,
O Dieu Toute-Puissance, Intelligence, Amour,
Tous les trois en un seul, et sans qu'un seul abdique !

Mystère dont jamais nous ne ferons le tour,
Heureux ceux dont le cœur vous suit et vous adore !
S'il ne leur est donné de se plonger un jour

Jusqu'au centre éclatant qui les aveugle encore,
O Vérité, du moins sur leurs regards élus
Vous maintiendrez l'extase, inaltérable aurore.

Et qui sait, ô Seigneur, si, les temps révolus,
Quand vous aurez jugé la mort avec la vie,
L'aile des saints désirs ne subsistera plus ?

Si ce festin céleste où votre œil les convie
N'est pas l'essor direct et l'amour incessant
Que n'entravera plus nulle grossière envie,

Impeccable progrès, où rien ne redescent,
Mais qui porte sans fin vers la face éternelle
L'âme toujours plus claire et le regard croissant ?

Car, ô Seigneur, jamais les degrés de l'échelle
Qui soulève vers vous le monde des esprits
Ne peuvent le confondre à son divin modèle :

Puisqu'ils sont infinis, ils restent infinis,
Et, dans l'éternité sans cesse plus splendide,
Jamais absolument Dieu ne sera compris.

Non, même ces vainqueurs dont l'exemple nous guide,
Non, parmi les esprits, les plus illuminés,
Ni l'Ange messager, ni l'Archange intrépide,

Près du trône divin, ne peuvent, prosternés,
Chanter de l'Hosanna les sublimes louanges,
Sans un voile de flamme à leurs fronts couronnés !

Et les neuf chœurs sacrés des trois grandes phalanges
Leurs beautés, leurs splendeurs, leurs exultations,
Des feux des Séraphins jusqu'aux ailes des Anges,

Trônes et Chérubins, et Dominations,
Archanges et Vertus, Principautés, Puissances,
Ne sauraient embrasser tant de perfections.

O majesté, mais quel torrent de jouissances
Verseront sous ce voile aux esprits triomphants
De votre ordre éternel les spectacles immenses ;

Lorsque, sur cette terre aux brouillards étouffants,
Le monde, paresseuse et fugitive image,
Donne, en vous révélant à vos humbles enfants,

Tant de joie et pour vous tant de noble courage!

SONNET CCXLVII.

Le doute est du pécheur l'éternel châtiment ;
Des calices impurs où puise sa folie
C'est le retour vengeur, l'inévitable lie
Que l'âme, pour sa part, hérite en s'endormant.

Le poison peu à peu l'imprègne, et sourdement
A l'action des sens la courbe et la rallie ;
Sur les lèvres en vain la foi qui se replie
Cherche dans la parole un dernier aliment :

La vérité n'a plus que l'accent du mensonge,
Et toujours au remords dont le cri se prolonge
La paresse tient tête et répète : Qui sait ?

Sans apaiser le mal, en cette alternative,
Elle en proscrit du moins le salutaire effet :
A l'endurcissement c'est ainsi qu'on arrive.

SONNET CCXLVIII.

Nous vous connaissons bien : allez, vous n'êtes pas
Si méchants, ni si fiers non plus, que vous le dites.
Ah! vous voudriez voir, en vous chargeant des suites,
Nos églises, autels, croix et clochers à bas?

Oui, oui, vous livreriez d'implacables combats.
Pour effacer du sol ces pierres parasites,
D'une trop longue erreur formules décrépites,
Que vous narguerez même à l'heure du trépas.

Qui sait? vous scelleriez votre foi négative
De votre sang versé, bien sûrs, quoi qu'il arrive,
A tous nos arguments de vivre indifférents...

Et demain, vous viendrez, sans vous croire des traîtres,
Demain, pour une femme et quelques mille francs,
Vous mettre à deux genoux devant un de nos prêtres.

SONNET CCXLIX.

L'homme croit bien souvent plus qu'il ne le veut dire,
Et plus qu'il ne le sait; mais à l'impiété
Se joint ou le mensonge ou bien la lâcheté,
Et sous les airs railleurs se cache un vil martyre :

Tortueux désespoir qu'amèrement inspire
La honte de soi-même. On se sent rejeté,
Et l'on est par l'envie à la haine emporté :
Car, si l'on ne s'amende, il faut devenir pire.

Mais quel mal on se donne et que d'efforts on perd
Pour nourrir cette plaie et la mettre à couvert!
La plus rude abstinence est un moindre supplice.

O pauvre orgueil humain, à tous les vents battu!
O dépravation et misère! Le vice
A son hypocrisie ainsi que la vertu.

13

SONNET CCL.

Aux grands persécutés, aux glorieux Jésuites
Je consacre en mes vers un hommage pieux.
L'intérêt ni la peur, abominables dieux,
Ne me séduiront pas à des lignes maudites.

Ah! s'ils fussent déchus, et si des premiers rites
Ils eussent échangé, tièdes religieux,
Pour d'inféconds loisirs le zèle impérieux,
On ne leur vouerait pas ces haines hypocrites!

Mais le règne du Christ et son extension
Fut de ces cœurs vaillants la ferme ambition.
La sainte charité fit toute leur audace.

Proscrit, martyrisé, mais fidèle à sa loi,
Cet ordre immaculé, depuis les jours d'Ignace,
Sans cesse et tout entier a confessé la foi.

SONNET CCLI.

Ce ne sont, disent-ils, que des ambitieux,
    Qui, feignant de dévotes flammes,
Voudraient tout asservir à leurs fronts orgueilleux,
    Sous prétexte du bien des âmes.

Et, depuis trois cents ans, pour dérouter les yeux,
    Et faire réussir leurs trames,
Ils vivent pauvrement, sobres, chastes, pieux,
    Dignes au fond de tous les blâmes.

Vous qui parlez ainsi, vous qui fûtes chrétiens,
Du monde un seul instant quittez donc les liens.
    N'est-il point de foi véritable?

Qu'est-ce alors que l'empire et ce festin d'un jour
Pour ceux que le Sauveur, dans son divin amour,
    Nourrit de sa chair adorable?

SONNET CCLII.

Beau spectacle, en ces jours de blasphème stupide,
Que tous ces jeunes gens assemblés au saint lieu,
Dans l'ardeur d'écouter la parole de Dieu,
Et suspendant leur âme à la voix qui les guide !

Comme un rayon descend l'enseignement rigide,
Qui ne peut dévier, quel que soit le milieu :
Il éclaire, il dirige, affermit dans leur vœu
Le croyant qui s'alarme et le chrétien timide.

Puis l'autel s'illumine, et l'adoration
Jaillit de tous les cœurs. La bénédiction
A la foule à genoux par le prêtre est transmise ;

Et, lorsque, avec les pas, s'éteint le chant final,
On entend frissonner aux deux flancs de l'église
Les saints chuchotements du confessionnal.

SONNET CCLIII.

Certes, pour le chrétien la vie est une lutte,
Un combat corps à corps et de chaque moment,
Où le vœu d'abstinence et de renoncement
Se trouve à bien des chocs et des piéges en butte.

On trébuche souvent. Hélas! plus d'une chute
Imminente nous fait mesurer tristement
Combien est incomplet notre détachement ;
Puis jusqu'en notre esprit l'ennui nous persécute.

Mais grâce à la prière, aux devoirs accomplis,
Parmi tous ces tourments aux pénibles replis,
L'âme garde une joie assurée et propice,

Récompense et secours de son labeur fécond.
O bienfaisante épreuve ! Ici, dans le calice,
L'amertume est au bord et le miel est au fond.

RHYTHME XXIX.

Toujours, pour le regard qui pense,
C'est un spectacle douloureux
Lorsque le mal et la souffrance,
Avant l'heure de décadence,
Fanent les objets gracieux :

Lorsque la saison inégale
Détruit les fleurs de l'amandier,
Et qu'après la nuit glaciale,
Jaunit la branche virginale,
Aux feux du soleil printanier;

Lorsque l'aile de la tempête
Coupe les thyrses des lilas,
Ou du peuplier qu'elle arrête
Abat la cime, ou bien étête
Les ombrages d'acacias;

Lorsque, orpheline ou négligée,
La couvée expire de froid;
Lorsque la ruche est saccagée,
Que l'abeille qui s'est vengée
S'égare et meurt loin de son toit;

Lorsque la colombe fidèle
Subit les serres de l'autour;
Lorsque s'éteint la tourterelle;
Lorsqu'au loin la brebis appelle
L'agneau perdu pour son amour;

Lorsque penche la tête blonde
Qu'en vain l'innocence défend;
Lorsque d'amertume s'inonde,
Ou bien, sous la misère immonde,
Pâlit un visage d'enfant;

Lorsque les hymnes de la lyre
Se changent en gémissement,
Que la voix du poëte expire,
Pour ne point apprendre à maudire,
Sous quelque sombre accablement.

Voilà les choses qui refrènent
Bien des sourires dans les yeux,
Dont les impressions parviennent
Jusques au cœur, et qui n'obtiennent
De réponse que dans les cieux !

Mais, ô pitié trop enseignée,
Ah ! l'aspect navrant entre tous,
C'est celui d'une âme bien née
Qui se dégrade, condamnée
A tout ce qui fit ses dégoûts.

C'est une noble créature
Dont le front resplendit encor
De la divine signature,
Et qui, dans la fange et l'ordure,
Traîne elle-même ce trésor.

C'est l'esprit au regard sublime
Naguère convive du ciel,
Et qui maintenant ne s'anime
Que pour quelque calcul infime
De l'intérêt matériel...

Hélas ! et combien est plus ample
L'horreur d'un semblable larcin
Pour quiconque en trouve l'exemple
Dans ses remords, et qui contemple
Un tel spectacle dans son sein !

SONNET CCLIV.

Lorsque l'Expiateur suprême poursuivait,
En face de la croix, son œuvre rédemptrice,
Il ne recula point l'instant du sacrifice ;
Mais parfois l'épouvante à son cœur arrivait.

Lorsqu'à Gethsemani son heure s'achevait,
Il s'écriait : Mon Père, éloignez ce calice.
Que votre volonté toutefois s'accomplisse !
Et son sang en sueur de ses tempes pleuvait.

Oui, quoique Dieu vécût dans cette âme divine,
La douleur y roula son angoisse intestine.
Jésus connut aussi l'affreux abattement.

En proie à l'agonie amère et ténébreuse,
Il eut sa défaillance et son gémissement ;
Tant de l'humanité l'étreinte est douloureuse !

SONNET CCLV.

Entre tes fortes dents serre ton frein d'acier ;
Courbe sur ton poitrail tes narines hautaines,
Et ne t'épuise pas en des alertes vaines,
O généreux esclave, impatient coursier !

La guerre ! la bataille ! un immense brasier !
Les drapeaux, les canons, avec de belles plaines,
Où bondir et suer tout le sang de ses veines,
Jusqu'au noble trépas, salaire du guerrier !

Mais le signal se tait : ravale ton écume ;
Laisse tomber tes crins et cet œil qui s'allume ;
Écoute sur tes flancs ton puissant cavalier.

Écoute, afin qu'au jour des gloires éternelles,
Il te donne à franchir l'espace tout entier,
Non plus avec tes pieds, avec de grandes ailes !

SONNET CCLVI.

Je vous aurais aimée et vous aime peut-être :
J'ai pu le soupçonner ; je n'en veux rien savoir.
A mes yeux quelquefois qu'il soit doux de vous voir,
C'est tout ce qu'à mon cœur il est bon d'en connaître.

Je ne m'appartiens plus, et je sers sous un maître
Qui rétrécit pour moi l'orbite du devoir.
Je n'ai rien à donner ni rien à recevoir,
Et dans ma chair encore il me reste à renaître.

Quand on a remonté l'abîme de la mort,
On ne présume pas de marcher sur le bord.
Il faut des souvenirs redouter le vertige.

Le mieux, pour échapper à la tentation
Qui d'abord s'insinue et qui bientôt exige,
C'est de s'ensevelir dans l'expiation.

RHYTHME XXX.

La voix qui m'était donnée
Pour célébrer vos grandeurs,
O Dieu, je l'ai profanée
A de coupables ardeurs.
Cette espérance de flamme,
Cette vigueur dont mon âme
Par vous seul put s'embellir,
Dans l'amour des créatures
Et les recherches impures
J'ai voulu l'ensevelir.

Pour oublier l'invisible,
J'ai pris ma tête à deux mains
J'ai dit : Un sort plus paisible
M'appelle aux sentiers humains,

Dans les torrents de la foule
Plus d'une perle qui roule
M'est un facile trésor,
Et les replis de la vase
Font à mon œil qui s'embrase
Luire une semence d'or.

J'ai dit : J'aurai ma couronne,
Mon royaume et mon palais,
Et sur tout ce qui rayonne
Je jetterai mes filets.
A l'opale rosoyante,
A l'églantine riante
Le lis et le diamant,
A la rose l'aubépine,
Au rubis la perle fine
S'uniront heureusement.

Sous mes fécondes charmilles,
Fleuriront au clair-obscur
De lumineuses familles
D'ailes de pourpre et d'azur;
Et mes plaines serpentines,
Dans leurs danses argentines,
Feront vibrer au soleil
Une poussière d'abeilles
Et des nacrures pareilles
Aux cils du matin vermeil.

Du sommet de mes ombrages
Rouleront à plis mêlés
Et les lambrusques sauvages
Et les lierres étoilés.
Au sein du vert labyrinthe,
Les fruits d'ambre et d'hyacinthe
Promèneront leurs bouquets,
Et les sylphes des verveines

Enlaceront leurs haleines
Aux guirlandes des bosquets.

Levez-vous, blondes arcades,
Marbres au front immortel,
Chœurs luisants des colonnades,
Frontons aimés d'un beau ciel,
Blancs chapiteaux dont les ailes
Vont chercher les hirondelles,
Dômes où le jour finit,
Et vous, rouges obélisques,
Comme, parmi les lentisques,
Des peupliers de granit.

Sur les dalles de porphyre
Et la moire des lambris,
Aux fanfares de la lyre,
Courent les jaspes fleuris,
Les agates, la sardoine,
L'onyx et la calcédoine,
L'améthyste et le corail,
A l'entour des vastes fresques,
Ouvrir de leurs arabesques
L'éblouissant éventail.

Et maintenant, m'écriai-je,
Éveillez-vous, il est temps :
Ceignez vos robes de neige,
Nymphes aux cheveux flottants.
Sous le saule et le platane,
Dansez, troupe diaphane,
Avec vos fleurs sur les bras,
Et laissez de votre rire
A la flûte du zéphyre
Se joindre les doux éclats.

Vous, déployez vos parures,

Dames aux nobles attraits;
Levez-vous dans vos armures,
Guerriers hautains et discrets.
Dans la salle glorieuse,
Entrez, troupe radieuse :
Asseyez-vous au festin.
Déjà les coupes débordent;
Déjà les harpes s'accordent,
Pour chanter votre destin.

Bientôt.... Mais quels voiles sombres
Sur mes yeux sont descendus!
J'ai vu fuir, rapides ombres,
Mes convives éperdus.
Sans avoir produit qu'un rêve,
Je me revois sur la grève,
Assis au bord du chemin;
Et, loin de la source fraîche,
Je serre un peu d'herbe sèche
Et des cailloux dans ma main.

J'irai : mon courage encore
N'est pas à bout de combats.
Oui, par delà le Bosphore
Dussé-je porter mes pas,
Il faut... Que faut-il? J'écoute,
Dit mon âme; cette route
Pour moi n'a plus de beautés.
Chercherai-je d'autres songes?
La terre n'est que mensonges,
Vanité des vanités !

Marchons, non plus pour atteindre
Un salaire passager;
Mais parce qu'on doit, sans craindre
Ni fatigue ni danger,
Sur la glèbe de l'épreuve,

Bien que la chair s'en émeuve,
Fournir le sillon voulu.
Semons la moisson céleste :
A nos désirs tout le reste
Est doublement superflu.

Ecoute, entre tous les hommes,
Ce roi, puissant moissonneur,
Qui de la terre où nous sommes
A goûté tout le bonheur :
C'est lui que nous pouvons croire,
Lorsque l'amour et la gloire
Ont comblé tous ses souhaits,
Et que, d'une voix austère,
Il proclame la misère
De ses désirs satisfaits.

Moi, dit-il, l'Ecclésiaste,
J'ai régné sur Israël :
De délices et de faste,
Plus que nul autre mortel,
De grandeur et de richesse,
De science et de sagesse
Je me suis enveloppé.
J'ai, d'une étude profonde,
Scruté les choses du monde,
Sans que rien m'ait échappé.

J'ai bâti des édifices ;
J'ai fait d'immenses travaux,
Et, dans mes jardins propices,
Jeté la fraîcheur des eaux.
J'ai gouverné sans entraves
La foule de mes esclaves
Nés dans ma propre maison.
J'ai possédé des domaines,
Des vignes, de vastes plaines,
Et des troupeaux à foison.

Avec les tributs des princes
J'ai vu pour moi s'amasser
L'or et l'argent des provinces,
Et ma gloire s'exhausser.
Mes jours ont été splendides :
J'ai de mes regards avides
Accompli tous les désirs.
J'ai laissé, parmi les fêtes,
Mon cœur ivre de conquêtes
Savourer tous les plaisirs.

Et j'ai reconnu qu'en somme
Il n'est de stable ici-bas
Que la vanité de l'homme
A la face du trépas ;
Que toute joie est menteuse,
Toute sagesse douteuse,
Et que l'empire et l'honneur,
Et la science accomplie,
Tout est misère et folie,
Hors la crainte du Seigneur.

Qui parle ainsi ? C'est le sage,
Le roi, le vainqueur, l'époux,
Le maître au vaste héritage,
Puissant, heureux entre tous.
O gloire, où sont tes promesses
Voilà donc ce que tu laisses
Aux cœurs que tu sus charmer !
Ceux que tu combles sur terre,
Dans le vide solitaire
C'est pour mieux les enfermer.

A ceux donc que tu dédaignes
Qu'importent tes fictions,
Et ces déserts où tu règnes,
Mère des déceptions ?

De tes plus rares ivresses
Meurent les voix charmeresses!
Meurent tes feux mensongers!
A jamais libres du voile,
Mes yeux ont connu l'étoile
Des mages et des bergers.

Parmi l'arène pénible,
J'ai vu verdir le sentier,
Et, dans le ciel invincible,
Monter le divin palmier.
Au doux vent de la parole,
J'ai vu s'ouvrir la corolle
Où j'ai recueilli, vainqueur,
Une goutte de rosée
Qui, sur la lèvre posée,
Filtre jusqu'au fond du cœur.

SONNET CCLVII.

Stella lucente al par delle più accese,
Che'n la cima di virtù ti stai,
Dal mio cammin, deh, non torcer i rai,
Sommi soccorsi alle mie dure imprese!

Mentre tal luce io mi vedrò cortese,
Per me non ci saran pianti nè guai.
Vengan assalti : i sarò forte assai,
Da andar avanti, non che far difese.

Tu da me fosti gran tempo cercata,
Nè veggio ch'or affatto sia sgombrata
D'ogni bruma e tempesta l'atmosfera;

Ma di Dio il cielo non è mai fallace,
E quel che'n esso firmamente spera
Al pieno azzurro giugnerà e alla pace.

SONNET CCLVIII.

Supporte le fardeau des heures maladives ;
Souffre ta lutte obscure et ton isolement,
Et, ne pouvant agir, résiste vaillamment.
Non, non, rien n'est perdu de tes forces oisives !

Tes yeux sont las de voir toujours les mêmes rives ;
Ferme-les. N'as-tu pas l'éternel firmament,
Cet Éden où la foi t'enseigne sûrement
Tant d'abris fructueux et de fontaines vives ?

O beau ciel catholique, ô Seigneur, ô Jésus,
Virginale Marie, et vous, Anges élus,
J'abandonne à vos soins mon aride blessure !

Divin Consolateur, colombe aux rayons d'or,
Je me confie à vous, à la lumière pure
Qui, jusqu'en un cachot, nous illumine encor.

SONNET CCLIX.

Se plaindre est si commode, et s'accuser si dur,
Qu'il faut plus de circuits pour rentrer en soi-même
Que pour aller saisir d'un céleste problème
Les chiffres dispersés aux marges de l'azur.

Votre esprit est bien calme, et votre cœur est mûr,
Croyez-vous ? Et pourtant vous voulez qu'on vous aime.
Et ce désir trompé s'avoisine au blasphème.
Le monde, avez-vous dit, n'offre donc rien de sûr !

Hélas ! quand aurez-vous fait cette découverte
Pour la dernière fois, âme toujours ouverte
Aux souffles du naufrage et si rebelle au port ?

A l'expiation lorsque Dieu vous invite,
Cessez d'incriminer le fantôme du sort,
Et ne vous targuez plus d'une épreuve gratuite.

SONNET CCLX.

Que de troubles, mon Dieu, pour si peu de danger !
Et que serait-ce donc si ma faiblesse indigne
Avait à repousser quelque péril insigne,
Si mes rêves proscrits cherchaient à se venger ?

Si je voyais... Mais non, je n'y veux point songer.
J'ai gardé trop longtemps le renard dans la vigne,
Pour qu'à n'y plus rentrer sans lutte il se résigne.
Il doit de ses terriers jusqu'au bout m'assiéger.

Heureux s'il me fallait ne redouter d'encombre
Hormis que du dehors, et si la mine sombre
N'avait des guides sourds aux désirs de mon cœur !

C'est là le mal réel, l'alarme qui me froisse ;
Mais, tant que sur soi-même on ne règne en vainqueur,
On ne saurait souffrir trop de gêne et d'angoisse.

SONNET CCLXI.

Affermis-toi, mon cœur, sous le marteau divin :
Chaque coup au métal arrache une scorie,
Et résonne plus net sur l'enclume qui crie.
Non, non, le temps ainsi ne coule pas en vain !

Mais quoi ! toujours lutter et retourner sans fin
Sous cette forge dure ! Et sans que rien varie
Un labeur où jamais l'âme n'est aguerrie,
Où nul de persister ne peut être certain !

Ah ! la vie est si longue ! Hélas, elle est si brève !
Pour ne pas se trouver surpris du dernier jour,
Autrement qu'en langueurs il faut qu'elle s'achève.

La plainte vers le monde est encore un retour ;
Et loin qu'à notre vide ils portent une trêve,
Aux amours d'ici-bas on désapprend l'amour.

SONNET CCLXII.

Sainte Vierge, à vos pieds, sur cette froide pierre,
De mon cœur détrompé j'apporte le lambeau;
J'effeuille devant vous mon trésor, ce rameau
Que mes pleurs ont lavé d'une indigne poussière.

Hélas! j'ai cru mourir, quand, pour la vie entière,
J'ai dû me séparer de ce rêve si beau
D'un amour ici-bas chaste et, jusqu'au tombeau,
Embaumant vers le ciel une double prière.

Périsse tout le reste, afin que mon esprit
Des plus vives clartés ne demeure proscrit,
Et que du blanc triangle il perçoive la flamme!

Désormais, je le dis sans regret ni courroux,
Pour ma voix, ma pensée, et mes yeux, et mon âme,
O Marie, il n'est plus d'autre dame que vous.

SONNET CCLXIII.

Non, je n'étais pas né pour tenter des voyages.
Que voir et que chercher? Et ne sais-je pas bien,
A n'en pouvoir douter, que le monde n'a rien,
Où du désir jaloux s'éteignent les orages!

Mon âme a parcouru de splendides rivages:
Là, de tous nos souhaits l'esprit magicien
Tressait à notre essor le groupe aérien,
Et du livre fécond tournait toutes les pages.

Gloire, amour ni grandeurs n'ont pu nous arrêter:
Car le présent ne fait que nous déshériter,
Et l'avenir demeure aride et solitaire.

Il faut, pour le combler, l'héritage éternel.
Pourquoi donc s'agiter? Sur cette triste sphère,
Ce n'est pas en marchant qu'on s'approche du ciel.

SONNET

PAR M. LE Mⁱˢ A. DE BELLOY.

J'ai ma rougeur aussi des hontes de notre âge,
Et, ce siècle pervers, comme toi je le hais :
Complice épouvanté de ses lâches méfaits
Mon remords m'appartient; mon crime est son ouvrage.

J'ai délaissé ton Christ et tes rois qu'on outrage;
J'ai conduit, en quels lieux! la Muse que j'aimais.
Tout retour m'est fermé vers ces calmes sommets,
Parnasse, Golgotha, d'où ta voix m'encourage.

Mais ces guides trompeurs qui m'en ont écarté,
Poëtes ou tribuns, caduque nouveauté,
Toi qui les as flétris de ta parole acerbe,

Oh! souviens-toi du moins, plus sage et plus heureux
(Sur ma cendre et mon nom quand aura poussé l'herbe),
Souviens-toi seulement de ma haine pour eux.

SONNET CCLXIV.

RÉPONSE A M. LE Mⁱˢ A. DE BELLOY.

Laisse-moi croire, ami, que ce courroux présage
Quelque chose de mieux que d'inertes regrets.
Des idoles du jour maudissant les attraits,
En détestant le siècle, aime-toi davantage.

Du monde et de la chair j'ai connu l'esclavage;
J'ai porté contre moi bien des lâches arrêts;
Hélas! je souffre encor d'abattements secrets;
Mais humblement j'espère et je reprends courage.

Toi donc qui de bonne heure as vu la vérité,
Pourquoi de son chemin serais-tu rejeté?
Arrache de ton cœur ce désespoir superbe;

Cesse comme à plaisir de te fermer les yeux :
Il n'est jamais trop tard pour commencer la gerbe
Que le Seigneur demande aux convives des cieux.

SONNET CCLXV.

Oh! jamais d'un tel jour si je vois la lumière,
Si cette âme, ô mon Dieu, retourne à votre loi,
Alors que votre bras s'irrite contre moi.
Je ne saurais payer une grâce si chère.

Je ne me plaindrai plus, et, d'une joie entière,
Bénissant votre nom, ô mon père et mon roi,
L'espérance sereine, et l'amour et la foi,
Interdiront mon âme aux souffles de la terre.

Pour chanter vos bienfaits, ô gracieux vainqueur,
En hymnes enflammés débordera mon cœur.
O soleil sans nuage! ô radieuse aurore!

Puissent bientôt mes chants réjouir les élus,
Et, pour vous saluer, faire vibrer encore
La harpe de David aux autels de Jésus!

SONNET CCLXVI.

L'un dans un triple écrin, sous la soie et l'ivoire
Et les plaques d'acier, enferme son trésor :
Diamants amassés de Golconde et Lahor,
Antiques parchemins ou reliques de gloire.

L'autre, d'un vain amour embaumant la mémoire,
En incruste l'image en son cœur et dans l'or,
Et d'un printemps éteint qui pour lui dure encor
Recompose sans fin la guirlande illusoire.

Ainsi chacun se fait quelque cher talisman
Que, mieux que du regard, il couve incessamment,
Aux oublis destructeurs épave dérobée :

Et moi, dans un métal trois fois purifié,
Je recueille et j'enchâsse une perle tombée
De tes yeux sur mon cœur, ô divine amitié !

SONNET CCLXVII.

Quoi, vous aussi, poëte ; et votre noble voix
Préconise à son tour les erreurs de la prose !
De triste suicide une histoire morose
Jusqu'en vos flots si purs a jeté ses gravois.

Est-ce donc que Jésus n'a pas porté sa croix ?
Tous ont-ils oublié le sang qui les arrose ?
Ne sont-ils plus chrétiens, et l'ère est-elle close
D'inflexible lumière et de grâce à la fois ?

Non, non, ne quittons pas notre route étoilée,
Pour contempler l'abîme et la nuit désolée !
Devant le désespoir ne nous prosternons pas.

A qui dans le néant a mis sa confiance,
Même au plus douloureux, au plus faible, au plus las,
La Muse en tous les temps ne doit que le silence.

SONNET CCLXVIII.

A M. CH. ELLEAU.

Enfant, si l'on vous dit qu'il est bon de connaître
Le monde et ses dangers, la vie et ses erreurs,
Secouez loin de vous ces discours tentateurs :
Quiconque parle ainsi n'est qu'un fol ou qu'un traître.

Sans le vouloir, hélas! vous tomberez peut-être
Assez pour en garder de cuisantes terreurs :
Toute chair est fragile, et, plaisir et douleurs,
Dans tous ce qui nous touche un piége s'enchevêtre.

Combattez corps à corps le démon de l'orgueil ;
Mais sauvez-vous, fuyez, sans risquer un coup d'œil,
Quand la sirène impure autour de vous serpente.

C'est en réglant ainsi la lutte du devoir
Que d'un trop large assaut l'âme se rend exempte,
Et sinon du remords, du moins du désespoir.

SONNET CCLXIX.

J'ai vu dans mes cheveux s'argenter quelques fils.
C'en est donc fait : tu vas m'arriver, ô vieillesse,
Amenant avec toi le dégoût, la tristesse,
La désillusion, tous les sombres exils.

Tu n'amèneras rien : ces hôtes trop subtils
Hantèrent dès longtemps mon étrange jeunesse.
Allez, mes cheveux bruns, ô trompeuse richesse !
Pourquoi survivre même à mes songes virils?

Je n'ai que vous à perdre au vent qui vous moissonne.
Irai-je maintenant prétendre une couronne
Qui du déclin de l'âge ait lieu de s'effrayer?

La seule qui jamais me parut enviable
Fleurit parmi la neige, et, mieux que le laurier,
A la foudre sait rendre un front invulnérable.

SONNET CCLXX.

Froide neige, descends de ton épais nuage ;
Verse tes flots muets ; encombre les vallons,
Les plaines, les hauteurs ; couvre d'un blanc plumage
Et les rameaux des bois et l'herbe des sillons.

Sauvés sous cet abri d'un trop cruel outrage,
Quand viendra le printemps calmer les aquilons,
Plus féconde la terre et plus prompt le feuillage
Reprendront leurs splendeurs que nous nous rappelons.

Détachement béni, c'est ici ton emblème.
Oh ! que ton enveloppe et glaciale et blême
Garde mon âme aussi jusqu'à mon dernier jour :

Afin que, sans languir, traversant son supplice,
Dans le réveil céleste elle s'épanouisse
Au soleil invoqué de l'éternel amour.

SONNET CCLXXI.

Bienheureux est le jour, quoique pénible encore,
Où, voyant le péché dans toute sa laideur,
Humilié, chétif, on cherche le Seigneur
Dont au cœur pénitent la grâce vient éclore !

O mon âme, retiens ce cri qui te dévore,
Et, des vils meurtriers quand sévit la fureur,
Reste devant ton Dieu, reste dans ta ferveur.
La résignation vers le ciel est sonore.

Bienheureux est le jour où, tout près de l'autel,
On vient prendre sa part du festin immortel,
Où, repuisant l'amour à sa source première,

Sans retour, sans mélange et tendrement soumis,
Nous pouvons élever l'extatique prière,
Pour ceux que nous aimons et pour nos ennemis !

SONNET CCLXXII.

Grâce au divin secours, héroïque dictame
Qui remet la vigueur dans les cœurs les plus las,
La toile est terminée, où j'ai peint les combats
Éclairés en mon sein par une triple flamme.

Je vois s'y dérouler tous les fils de mon âme :
Le nœud qui les unit ne se brisera pas :
J'ai le temps désormais de préparer mon bras,
Pour lancer sur l'ensouple une nouvelle trame.

Mais ce premier tissu doit être mon linceul ;
D'avance sur ma peau je l'ai cousu tout seul :
Je veux qu'il y demeure et jamais ne se rouvre.

On le retrouvera lorsque je m'en irai ;
Et, n'importe plus tard comment il se recouvre,
C'est dans ce vêtement qu'un jour je revivrai.

RHYTHME XXXI.

Amis, comme on ne sait ni qui vit ni qui meurt
Et que l'on peut mourir de plus d'une manière,
Avant que du trépas je ne sente le heurt ;

Soit qu'il pousse mon corps dans la commune bière,
Qu'il fasse pénétrer la nuit dans mon cerveau,
Ou, muet, me renferme en un cloître de pierre ;

J'ai voulu pour vos yeux compléter ce tableau
De mon humble existence et de ma vie intime :
Vous n'y retrouverez, tout étant au niveau,

Ni de rare malheur ni de vertu sublime :
J'ai souffert, il est vrai, mais assez justement,
Et puis me résigner sans être magnanime.

Je n'ai donc point ici bâti de monument :
J'ai taillé mon sépulcre à ma juste mesure,
Pour y dormir moi-même et sans craindre autrement

Qu'un fantôme engendré de ma propre imposture,
Pour se mettre en mon lieu, jetât mes os dehors,
Telle quelle du moins j'aurai ma sépulture.

J'ai parlé moins souvent des vivants que des morts,
De l'avenir bien peu, mais beaucoup de moi-même,
Et cette infirmité me laisse sans remords.

La troisième personne est encline au blasphème.
Je ne fais point ici de procès ; mais je crois
Que l'encre sur le front est un mauvais baptême.

Il vaut mieux faire encore un spectre de sa voix
Que de la ranimer par quelque pacte infâme,
En prônant et dorant, comme de grands exploits,

Les choses où l'on courbe et son corps et son âme.

SONNET CCLXXIII.

A M. LE Mis A. DE BELLOY.

Je ferme ici ce livre écrit avec mon sang :
Ami, que pour nos cœurs il soit un témoignage.
On y lira ton nom dès la première page,
Et je l'y veux encore inscrire en finissant :

Car tu n'as pas été pour moi comme un passant,
Ni comme ces espoirs dont la gloire volage
(Que j'ai trop écoutée) abusa mon courage.
Quels que soient nos destins, tu n'en peux être absent.

La prière aujourd'hui succède au cri de guerre
Que ma bouche irritée avait poussé naguère ;
Mais j'ai gardé mon poste, et tu m'approuveras.

D'impuissance, dit-on, notre cause est frappée.
Qui le sait cependant? L'âme inspire le bras,
Et la croix peut servir de poignée à l'épée.

APPENDICE

⚬⟨⚬

SONNET CCLXXIV.

On peut courir sans but et babiller en prose :
Là de détours ombreux le bosquet assorti
Promène le lecteur aisément diverti,
Et dans l'air éclatant rarement on s'expose.

En vers il faut toujours conclure à quelque chose,
Voir où l'on veut aller, et d'où l'on est parti,
Et, sans attendre au vent pour choisir un parti,
Voler à ciel ouvert de l'effet à la cause.

On peut faire autrement une œuvre de métier,
Mais rien qui prenne l'âme et la fasse crier.
C'est dans son propre cœur qu'on doit tremper sa plume.

Si la chaleur du sang n'enflamme nos écrits,
En vain l'encre bouillonne et la lampe s'allume,
Ce ne sont que chansons ; nous nous sommes mépris.

SONNET CCLXXV.

Sous les fleurs, les tissus que la Muse demande,
Sévère draperie ou gracieux atours,
Que le raisonnement se conserve toujours :
Qu'il s'y courbe, pareil au fil de la guirlande.

Comme entre un double nœud qu'il retienne et suspende
Le réseau tout entier dont flottent les contours ;
Mais, dans l'expression admettant les détours,
Que d'écarts incertains ce lien vous défende.

L'idée en quelque sens veut-elle s'emporter,
Au fidèle argument il la faut adapter.
Qu'est-ce donc qu'un sonnet, sinon un syllogisme ?

Ne vous jetez pas tout sur votre dernier vers ;
Mais sachez accorder, sans contrainte et sans schisme,
Avec le jour final tous les rayons divers.

SONNET CCLXXVI.

Un coucher de soleil prouve beaucoup sans doute ;
Mais à peindre d'un trait il faut vous exercer,
Et ne rien faire voir que pour faire penser.
Toujours vers votre but ramenez votre route.

Un rimeur indulgent qui se berce et s'écoute
A l'essor inspiré doit bientôt renoncer ;
En des jeux puérils il se laisse enlacer,
Et n'en sait plus sortir que par une déroute.

Point d'hésitations ! Chaque vers doit donner
Son coup d'aile en passant, à moins que de planer,
Pour soudain revenir comme un trait de lumière.

Ainsi, sollicité par une double loi,
On peut, en y livrant son âme tout entière,
Parfaire l'union de la Muse et de soi.

SONNET CCLXXVII.

Si vous voulez chercher des modèles suprêmes,
Ne lisez point Ronsard et nos autres anciens,
Mais épelez Pétrarque et les Italiens.
Respirez en sa fleur cette langue d'emblèmes.

Suivez dans leur essor ces doctes enthymêmes :
Des bosquets verdoyants aux champs aériens,
Voyez-les, affranchis des dédales païens,
Exalter vers le ciel les amoureux problèmes.

O sonores lauriers ! rivages éclairés,
Où flottent des beaux pieds les vestiges sacrés !
C'est là qu'on voit, charmé d'harmonieux présages,

De radieux oiseaux en foule s'élever,
Et soudain resplendir au dessus des feuillages
Ce Phénix que Boileau n'a jamais su trouver.

SONNET CCLXXVIII.

Heureux ceux dont l'effort, aux routes poétiques,
Débarrassé du doute et des timidités,
N'est pas dans une langue où se sont inventés
Les poëtes en prose et les rimeurs sceptiques !

Si vous ne croyez pas aux extases lyriques,
Ou si l'essor défaut à vos témérités,
Pourquoi, quand vous parlez, dire que vous chantez,
Ou gêner votre humeur par de vaines pratiques ?

Mais vous que dès l'enfance un esprit ingénu
Souleva frémissants vers le monde inconnu,
Et qu'enivre le rhythme avec ses mélodies,

Dans ses ailes d'abord sachez vous abriter,
Et, sans vous émouvoir d'étranges parodies,
Au souffle inspirateur laissez-vous emporter.

SONNET CCLXXIX.

Rien n'est fidèle et sûr en nos tristes demeures :
La vertu la plus rare a subi des retours ;
L'esprit le mieux trempé parfois crie au secours.
Et, comme le vaillant, le poëte a ses heures.

Vainement il aspire à des luttes meilleures :
Il est de chair et d'os, et ne peut pas toujours
Abréger à son gré de pénibles séjours,
Ni fermer son oreille aux voix extérieures.

Rien d'humain ne saurait lui rester étranger :
A la froide analyse il peut ainsi songer ;
Déposant le flambeau pour manier l'argile,

Il peut, sans faire injure aux maîtres invoqués,
Émettre incidemment quelque remarque utile
Et des secrets plutôt connus que pratiqués.

RHYTHME XXXII.

TRADUCTION DU PSAUME 44.

Mon cœur lance en éclats la joyeuse parole :
J'ai dit, et c'est au Roi que s'adressent mes chants ;
Et ma langue inspirée est la plume qui vole,
Rapide, comme aux mains des scribes vigilants.

Vous êtes le plus beau d'entre les fils des hommes ;
La grâce se répand de vos lèvres à flots :
C'est pourquoi, dans les cieux et le monde où nous sommes,
Dans les temps, à jamais Dieu bénit vos travaux.

O très-puissant, ceignez votre cuisse du glaive ;
Revêtez-vous de gloire et de votre beauté.
Régnez, tendez votre arc ; que votre bras s'élève :
Vous n'êtes que douceur, justice et vérité.

Votre droite est vaillante et féconde en merveilles ;
Vous frapperez au cœur les ennemis du Roi ;
Et les peuples tremblants, sous vos flèches vermeilles,
A vos pieds glorieux courberont leur effroi.

O Dieu, vous garderez votre trône immuable ;
Le sceptre est dans vos mains la verge d'équité.
Vous aimez la justice, et, d'un front redoutable,
Vous avez loin de vous chassé l'iniquité.

C'est pourquoi votre Dieu, de l'huile de sa joie,
O Dieu, vous a sacré, plus grand que les plus grands.
Ambre, myrrhe, aloès embaument votre voie,
Dans vos palais d'ivoire et sur vos vêtements.

Et les filles des rois, pour délecter votre âme,
Préparent à l'envi ces parfums glorieux.
La Reine, en robe d'or dont rayonne la trame,
Debout à votre droite, éblouit tous les yeux.

O ma fille, écoutez ; voyez ; prêtez l'oreille :
Oubliez votre peuple, et, pour un autre amour,
Lorsque s'ouvrent vos yeux et votre cœur s'éveille,
Oubliez votre père et l'antique séjour.

Le Roi désirera votre beauté splendide ;
Prosternez-vous : il est le Seigneur votre Dieu.
Et les filles de Tyr, d'une offrande timide,
Viendront, avec les grands, rechercher votre aveu.

La gloire et les beautés de la vierge royale
Procèdent de son âme, et s'augmentent encor
Sous le manteau brodé, parure nuptiale,
Dont brillent les couleurs parmi les franges d'or.

Des vierges après elle au Roi sont amenées ;
Elle guide leurs pas et vous les offrira,
Et parmi les transports, les clameurs fortunées,
Dans le temple royal on les introduira.

Il vous est né des fils en place de vos pères ;
Vous les établirez princes des nations,
Pour garder votre règne et votre nom prospères
Dans tout l'enchaînement des générations.

O Reine, et c'est pourquoi les siècles ni les âges
Sur votre souvenir jamais ne prévaudront ;
Mais dans l'éternité d'universels hommages
Monteront à vos pieds et vous glorifieront.

RHYTHME XXXIV.

TRADUCTION DU PSAUME CXXXVI.

Près des fleuves de Babylone
Nous nous sommes assis et nous avons pleuré,
En songeant à Sion, à ce séjour sacré
    Où le Seigneur avait son trône.
Nous avons suspendu nos harpes aux rameaux
Des saules que l'on voit au sein de Babylone
    Se pencher sur les eaux.

    Ceux qui troublèrent nos cantiques
Par des cris de carnage et de captivité,
Ceux qui nous ont traînés sous ce ciel détesté,
    Loin de nos ravages antiques,
Nous disaient : Faut-il donc que vous vous consumiez,
Venez, et chantez-nous quelqu'un de ces cantiques
    Qu'à Sion vous aimiez.

    Sur cette terre qui blasphème,
Pourrions-nous célébrer la gloire du Seigneur ?
O Sion, si jamais je t'oublie en mon cœur,
    Que ma main s'oublie elle-même !
Et si d'un autre amour je me laisse toucher,
Puisse, ô Jérusalem, après un tel blasphème,
    Ma langue se sécher !

Lorsque tombèrent nos murailles,
Souvenez-vous, Seigneur, qu'Edom s'est écrié :
Frappez, détruisez-les ; soyez-leur sans pitié !
    Ah ! quand viendront tes funérailles,
Fille de Babylone, heureux ceux qui pourront
Prendre tes nouveau-nés et contre tes murailles
    Leur écraser le front !

FIN.

Paris Imprimerie de G. GRATIOT, rue Mazarine, 30.

TABLE